もふもふを
vol.16
知らなかったら人生の半分は無駄にしていた

ユータ
日本の田舎から異世界に転生した少年。領主であるカロルスに助けられ、ロクサレン家の子どもとして生活している。
カロルス・ロクサレン
ロクサレン地方を治める辺境伯。イケメンだが大雑把で面倒くさがりの元Aランク冒険者。
ルー
「ルーディス・メウ・カルネウス」という真名《まな》を持つ神獣。美しい毛並みで、強大な力を秘めている。

主な登場人物

アッゼ

純血の魔族。Aランク相当の強者。軟派な雰囲気だが、情が深く献身的。マリーに惚れている。

リンゼ

依頼途中で出会った謎の少年。ユータ達に警戒心を抱いている。

マリー

ロクサレン家のメイド。子供好きで、ユータ担当となる。外見は優しそうだが、実は怒らせると怖い。

ミラゼア

穏やかでふわふわした印象のお嬢様。しかし意志が強く、たくましい一面もある。

CONTENTS

もふもふを知らなかったら人生の半分は無駄にしていた

vol. 16

ひつじのはね

イラスト
戸部淑

1章　どなたもどうかお入り下さい？

さほど広くもない室内に、じゃあじゃあと雨音にも似た音が響《ひび》き、玉ねぎの香りが広がっている。炒《いた》めているのは様々なお野菜なのに、玉ねぎだけが随分と主張するものだ。

全体がしんなり大人しくなった頃合いで赤ワインを手に取って、ふとその瓶《びん》を見つめた。

「なんだ？　ワインがどうかしたか？」

間近く聞こえた声にハッとして、焦げつく前に赤ワインを投入、トマトもどき等々《などなど》を加えて蓋《ふた》をした。

「ううん、そういえばル……ええと、お酒を持っていく約束をした人がいるな、と思って」

「ふうん？　酒を？　なんでお前が？」

タクトは不思議そうな顔をするものの、視線はとことこと動き始めた蓋に向いている。

今日は時間があったので、こうして秘密基地で保存用ミネストローネを作っている。タクトがお肉を入れろとうるさいもので、ごろごろ鳥肉を入れたそれは、既にミネストローネとは言わないかもしれないけれど。そして、保存用だって言ったはずだけど。

「たまたま、約束しただけだよ。だけど、どんなお酒を持っていったらいいかな？」

「それ、俺に聞くのおかしくねえ？　つうか、どういう状況でそんな約束になるんだ」

でも、向こうで作業中のラキは、背中から『話しかけるな』オーラが出ているし。

「いや、ラキに聞くのもおかしいから。カロルス様とかに聞いてみれば？」

確かに。何せオレたちはお酒を飲めないのだから。納得してエプロンを外すと、じいっと鍋《なべ》を見つめているタクトに『まだだよ』と苦笑したのだった。


「――ただいま！」

「おう、おかえり」

勢いよく飛びついた体が、真正面から受け止められてしまった。転移して背中に飛びついてやろうと思ったのに。エルベル様にしろ、カロルス様にしろ、不意打ちが利かなくて困る。やっぱりスモークさんやアッゼさんの瞬間的な転移を覚えたいところだ。

「ねえカロルス様！　お酒ってどんなのが美味《おい》しいの？」

満面の笑みで尋《たず》ねると、ブルーの瞳が困惑に揺れた。

「酒……？　なんでお前が酒なんて……」

あ、不良少年どころか不良幼児だと思われてしまう。

「ち、違うよ！　オレが飲むんじゃなくて、他の人にあげたくて！」

「ああ、チル爺《じい》さんか？」

「うん、チル爺にも持っていこうと思うんだけど、その……ルーとかに」

ちょっと首をすくめて見上げると、案《あん》の定《じょう》じっとりした視線が降り注いだ。

「お前な、神獣に捧《ささ》げる酒を、俺の晩酌《ばんしゃく》用と同レベルで聞くんじゃねえ！」

「神獣だけど、ルーだもん。晩酌用でいいと思って」

「なんでいいと思った!?」

うん、こんな風に怒られるのは久しぶりな気がする。オレも成長したってことかな。

『成長していたら、こんなことで怒られないと思うわ』

……モモのふよふよと伸び縮みする感触が心地よく、言葉は痛い。前からも横からも感じるぬるい視線に、ひとまず笑って誤魔化《ごまか》した。

「まず、酒は好みがあるだろうが。俺が好きな酒と他が好きな酒は違うぞ」

「そうなの？　みんなが好きなお酒ってないの？」

オレは元々お酒がそんなに好きじゃないからなあ。すぐ酔ってしまうのもあるけれど。

「ないだろ。相手に好きな酒を聞く方が早いぞ」

そっか。だけど他の人はともかく、ルーは答えてくれない気がする。

「――あっ。じゃあ、聞いてみるね！　美味しいお酒があったらカロルス様にもあげるね！」

ふと感じた気配にハッと顔を上げると、カロルス様の腕から飛び降りて駆け出した。

オレの部屋へ飛び込むと、案の定光球が3つ、所在なさげにくるくると回っていた。そして、窓辺にちょんと灯《とも》ったもう1つ。

『あ、きたー！』『あえたよ！』『こっちにいたー！』

「ごめんね、なかなかタイミングが合わなくて」

妖精トリオが嬉《うれ》しげにオレの周囲を回る。そうだ、すれ違いも多いし、妖精トリオも寮の部屋に来てもらえるようにしたらいいんじゃないだろうか。だって部屋の住人はオレたちだけになったんだから。

「ねえねえ、みんな寮の部屋にも来てみない？　秘密基地にしても、ここにしても、なかなか会える機会がないでしょう？」

『『『行くー!!』』』

即答で返事した妖精トリオに、窓辺でのほほんと座っていたチル爺が慌《あわ》てた。

『ま、待て待て！　そう簡単に言うでない！　学校の中など、人の目が多すぎるじゃろう。迂《う》闊《かつ》なこやつらのことじゃ、ふとした拍子《ひょうし》に姿を見られないとも限らん』

「学校内はちょっと無理かもしれないけど、オレたちの部屋だけなら大丈夫じゃないかな？　だって同室メンバーがタクトとラキだけだからね！」

『しってるー』『タクトとラキー！』『あいにいくー』

まあ、タクトもラキも、妖精トリオが隠密《おんみつ》状態では見えないんだけどね。

じっと見つめる4対の瞳を前に、チル爺が劣勢と見てじりじりと下がった。

『ま、まあ……顔見知りしかおらんなら……』

渋々頷《しぶしぶうなず》いたチル爺に、妖精トリオがくるくると歓喜《かんき》の舞いを舞っている。

「じゃあさっそく――」

チル爺の小さな手を取って転移しようとしたところで、小さな頭が激しく左右に振られた。勢いで長いお髭《ひげ》もブンブン揺れている。

『無理無理っ！　それ無理っ！　やめんか、ワシがこの世からいなくなっちゃう！』

「転移するだけだよ？　だって、どうするの？」

みんな、そんなにオレの転移を嫌がらなくても……。

『要石《かなめいし》を使えばいいのじゃ。窓辺にでも置くがよい。ワシが転移する目印になるからの』

「そんなことができるんだ！　分かった、じゃあムゥちゃんの側《そば》に置いておくね」

小さなボタンくらいの白い石を、大切に収納にしまっておく。

『して、最近は変わりはなかったかのう。――ハッ！　いや、神獣とかそういう大層なことは聞いておらんぞ、そういうのじゃないからの！　特別に探りを入れたわけではないのじゃ！

何気ない日常会話というやつなのじゃ！』

どうしてそんな念押しするの。ルーの話だってサイア爺の話だって日常会話なんだけど。じゃあ聖域に行ったり、あまつさえラ・エンの加護をもらったりしたことは論外、と。

『……なぜにそんな悩む必要があるのじゃ。日常会話とは、そんなに高度なものだったかのう』

遠い目をするチル爺を横目に、そういえば妖精トリオとは聖域に行く前に会ったんだっけ、と思い出す。視線をやると、何やら妖精トリオが必死に両手でバツ印を作って首を振っている。

ああ、そっか、あの洞窟《どうくつ》は内緒だって言ってたっけ。

「えーと。普通の依頼を受けたら、呪晶石《じゅしょうせき》のせいでドラゴンみたいなのと戦うことになっちゃったり。あとは川で遊んでたらスライムがいっぱい流れてきて、それを辿《たど》ったら野盗を討伐《とうばつ》してお嬢様を助けることになったり。それで、大規模討伐にも参加することになって――」

『厳選された結果がその話題かの？　何がどうなっておるのか、サッパリ分からんのう』

「オレだってサッパリだよ。短期間に2回も呪晶石絡みの魔物と戦う羽目《はめ》になったし」

そこまで言って、はたと気がついた。まだチャトを紹介していなかったんじゃないかな。

『呪晶石絡みの魔物がそんなに？　どういうことじゃ』

「それも聞きたかったんだけど、見てチル爺！　新しい仲間だよ、チャトって言うの！」

びろーんと伸びたチャトを掲げてみせると、チル爺が目をぱちぱちとしばたたかせた。

『それは……ワシには普通の猫に見えるのじゃが。まさか、ついにまともな召喚獣《しょうかんじゅう》――』

抱え方がお気に召さなかったらしいチャトが、ばさっと羽ばたいて机の上に飛び上がった。

『――なワケはなかったのう。それ、何かのう？　ワシ、そんな生き物知らない』

チル爺が力なく地面に手を着いて、ふるふる首を振っている。

「えーと、グリフォンの亜種でいいんじゃない？　ほら、グリフォンっぽいでしょう？」

促しに応じて、面倒そうにあくびをしたチャトが大きくなった。

『きゃー！』『すごーい！』『ねこさんおっきいー!?』

妖精トリオが大はしゃぎしている。チャトは満更《まんざら》でもなさそうにピピッと耳を振った。

『いいんじゃない？　とかそういう……。お主から話を聞こうとしたワシが悪いのか？』

一方のチル爺は壁に向かって小さくなり、耳を塞《ふさ》いでいた。そんなに？　そんなにダメなお話だった!?　だってチャトは絶対に紹介したいでしょう？

「えーと、じゃあ……そうだ！　チル爺ってお酒に詳《くわ》しいでしょう？」

これなら、と口にした途端《とたん》、チル爺はお髭がなびく勢いで振り返った。

「だから、美味しいお酒を教えてもらおうと思って……」

これは、早まったかもしれない。オレの台詞《せりふ》が段々と尻すぼみになって消えた。

『――での、森人《もりびと》の作る米《コム》の酒もよいものじゃ。ピンと澄んで水のような成りをして、割合ガツンと来よる。果実酒ではの、雪林檎《ゆきりんご》から作られるものがよくてのう。ほれ、香りが格別じゃからすいすい進んでしもうて、思わぬ酔い方をするもんじゃ。あと変わり種なら蜜桃《みつもも》で作る痺《しび》れるほど甘いアレじゃ。おなご人気は高いが強いでな、くいっと飲めるもんでないぞ。強いと言えば大亀卵《だいきらん》で作る酒はとびきり強くて……ああ、大亀卵は植物じゃよ？　ジャボテン系の……知らんか？　果実なんぞ入っとらんのにフルーティでのう――』

ああ、聞くんじゃなかった。本当に。立て板に水とはこのことか。熱弁に口を挟《はさ》む隙《すき》すらない。もはやお酒の話だけで酔っ払いそうだ。むしろチル爺が酔ってるんじゃないだろうか。

――もういいの。それで、どれが一番美味しいの？

ら、ラピス～！　さすがの容赦《ようしゃ》ないぶった切り!!　その勇姿に密《ひそ》かに拍手を送っていると、チル爺が難しい顔で頭を抱えた。

『い、一番……一番……そ、そんな……ワシにはどれかを切り捨てるなぞ……!!』

「えーと。じゃあ、好みの分からない目上の人にプレゼントするなら、何がいい？」

『そんならワインじゃろ』

あっさり!!　今までの講座は一体なんだったんだろう。ガックリと項垂《うなだ》れたところで、チル爺がポンと手を打った。

『お主、ワインが入り用かの？　それならちょうどいい、次の満月の日、ここへ迎えに来るから1日空けておくのじゃ！』

満月になる日の朝からってこと？　お酒の店にでも連れていってくれるのだろうか。

「分かった！　でも、何するの？」

『それは来てのお楽しみじゃ！』

まさかチル爺の飲み歩きに付き合う、なんてことにならなかったらいいけれど。

『さ、では帰ろうかの！　ほれ、こんなところで寝るでない！』

妖精トリオが、いつの間にかシロに埋もれて眠っている。やたらと元気なチル爺がみんなを追い立て、妖精トリオは目をしぱしぱさせて不満げな顔をした。

『チル爺、もうおさけだめ』『やっとおわったー』『おさけいらなーい』

『何を言う。酒なくして何が人生か。ほれほれ、しゃんとせい』

オレは3人をせっつくチル爺に苦笑して、ふらふら浮かぶ光球に手を振った。


「ねえジフ！　ワインってどんなのがあるの？」

さて、帰る前に我らが料理長の意見も伺《うかが》っておこうと、オレは厨房《ちゅうぼう》へやってきた。

「あぁ？　色々あるが……何に使うんだ」

夕食を作っていたジフが、でっかい肉を切りつつ訝《いぶか》しげな顔をする。

「オレが飲むんじゃないよ、お酒をプレゼントするならワインが無難《ぶなん》だって聞いて！」

「あー、カロルス様なら渋めの赤、エリーシャ様とセデス様は白。ただ、セデス様は辛口《からくち》は苦手、かなり甘い系統を好まれるな」

言いつつ床下スペースを開いて色々なワインを見せてくれる。へえ、セデス兄さんも飲むんだね！　甘いのなんてお子ちゃまだなぁ。

『お酒モドキで酔っ払う人に言われたくないんじゃない？』

『主《あるじ》に言われちゃあおしまいだぜ！』

両側から聞こえた台詞を黙殺して、首を振った。

「あのね、カロルス様たちにもプレゼントしたいけど、違う人！　好みが分からないんだ」

「ほう。どんな料理が好きなんだ？」

「うーん？　なんでも好きだけど、やっぱりお肉系の方が喜ぶかなぁ。お菓子なんかも好きだし。カロルス様ほどじゃないけど、野菜はそんなに好きじゃないかな」

ルーって和洋折衷《わようせっちゅう》なんでも食べるし、スイーツも好きだ。好き嫌いがないって素晴らしい。

「それならなんでも飲みそうだが……やっぱ赤じゃねえか？　辛口でも甘口でもいけそうだな」

「そうなの？　分かった！　じゃあ赤ワインだね」

買うものは決定したけれど、果たしてチル爺はどこへ連れていってくれるんだろう。

「いい酒なら、俺の分も頼む。明日は1日鳥野菜のベーススープ作るから、分けてやるぞ」

「やった！　いっぱい作っておいてね！」

ジフの鳥野菜ベーススープは、コンソメ風の万能スープだ。もちろんコンソメスープとして使えるし、洋風料理のだし代わりにもできる。ミネストローネに使ったのもこれ。こういうジフ特製のコンソメや、だし、色々なソースがあるから、野外での調理も簡単豪華に仕上がって感謝している。いつか、顆粒《かりゅう》だしを発明してくれないかな、なんて考えて笑ったのだった。


「何も、準備しなくていいのかな？　お金は……ある程度持っているけど」

『準備って？　美味しいお酒を買いに行くんじゃないの？　ぼく、お酒飲んでもいいかな？』

シロがぶんぶんとしっぽを振っている。当然ながら犬だった頃は禁忌《きんき》だけど、召喚獣はなんでも食べられるから、どうだろうね。

今日は満月になる日、そう、約束の日だ！　オレは朝早くから起こしてもらって、そわそわと部屋で立ったり座ったりしている。

落ち着かない気分を持て余していると、柔らかな風と共に、笑みを含んだ声が聞こえた。

『おお、早いのう。感心感心』

チル爺がそよ風と共に入ってきて、満足そうにお髭を撫《な》でる。

「チル爺おはよう！　ねえ、どこ行くの⁉」

『慌てるでない、すぐに連れていってやるからの。まずはこれを。転移に必要じゃて』

ちいちゃなお手々に渡されたのは……花？　小さな青い花が、結晶の中に封入されている。

『小さき祝福の花、じゃ。お主を連れて転移するには必要じゃから、ちゃんと持っておれ』

オレは慌ててきゅっとそれを握《にぎ》りしめ、チル爺を見つめた。

『さて、準備はよいな？』

こくこく勢い込んで頷くと、重々《おもおも》しく頷き返したチル爺が、サッと杖《つえ》を振った。

杖からほんのりと広がった光が、柔らかくオレたちを包み込んでいく。これ、ラピスと同じフェアリーサークルの転移だ！

徐々に目の前が光で埋まり、無重力になったような感覚が訪れた。そして、再び重力が戻って足が地に着くと間もなく、光が消えていく。チル爺はどこに連れてきてくれたんだろう？

待ちきれずに目を開けると、薄れていく光の中で、一面の緑が目に入った。

『ほれ、里へようこそ、じゃな？』

イタズラっぽく笑ったチル爺に、辺りを見回したオレは、困惑して目を瞬《また》いた。

里……？　だけど目に映るのは、木々ばかり。さんさんと日の注ぐ明るい森だ。気持ちのいい魔素《まそ》に深呼吸したくなる。だけど、里らしき住処《すみか》は見当たらない。

『ほれ、よく見てみぃ』

「よくって……あ！」

森の木々と違った色が動いた気がして、目を凝《こ》らした。ひらひらと揺れていたのは、木の幹に引っかかったハンカチ……ではなかった。まるでおもちゃのような小さな窓が開いて、カラフルなカーテンがたなびいている。

それに気付いた途端、扉が見え、らせん階段が見え、ベランダに煙突《えんとつ》に、干した洗濯《せんたく》物まで目に飛び込んできた。まるでミニチュアのセットみたいだ。木の幹をくり抜いているんだろうか、幹に直接扉や窓が取りつけられていたり、ツリーハウスのような小屋もある。

「うわあ、すごい！　ここが——？」

警戒していたんだろうか、大丈夫と判断したらしい妖精たちが、ひらひらと宙を舞い始める。色とりどりの光球が、興味津々《しんしん》でこちらを見つめているのを感じる。

『そうとも！　ここが妖精の森、ワシらの里じゃ』

「チル爺たちの、妖精の里……!!」

オレは得意げに胸を反《そ》らしたチル爺に目をやることも忘れ、精巧なミニチュアの世界に目を奪われていた。

「すごい……きれいだね」

オレって、感動すると『すごい』と『きれい』しか言えなくなるかもしれない。明るい緑と精巧なミニチュアの中、ふわふわ浮かぶたくさんの光球。まるで童話の世界みたい。

『そうじゃろう！　ワシらの里は他より美しいと思うのじゃ！』

得意げなチル爺の口ぶりからして、妖精の里はここだけじゃないらしい。それに以前チル爺と訪れた場所は森が眼下に見えたから、ここから随分と離れていたように思う。だからあの時は『妖精の世界』って言ったんだね。

『あれー？』『ゆーたがいる！』『いらっしゃーい』

賑《にぎ》やかな声と共に、３つの光球がくるくる回りながら胸元へ飛び込んできた。

「みんなおはよう、チル爺に連れてきてもらったんだよ！　とってもきれいなところだね」

『そうなの！』『きれいよー！』『あんないしたげるー！』

つぶらな瞳がきらきら、まるいほっぺも上気して輝いている。小さな手がしきりとオレの袖《そで》を引いて、さっそく案内しようという心づもりのようだ。

「待って待って、オレ妖精じゃないから、急に行ったらみんな怖がったり驚いちゃうよ！」

『きっとだいじょうぶー！』『ゆーたキラキラだから』『こわくないよ～』

そういえば妖精さんには、オレはきれいな光をまとって見えるんだっけ。

『ワシが連れてきておるのじゃから、怖がりはせんじゃろうて。じゃがまずはお披露目《ひろめ》も兼ねて、中央広場で今回の説明をしようかの。ほれ、こっちじゃ』

『こっちじゃー！』『ついてくるのじゃー！』『いくのじゃー！』

きゃっきゃとはしゃぐ妖精トリオとチル爺に導かれ、オレはなるべくゆっくり歩いて進む。

妖精さんからすると巨人だもの、きっと怖いよね。だけど、妖精さんは好奇心の方が強いのか、まるでたんぽぽの綿毛《わたげ》のようにふわーっと寄ってきてはオレに触れていく。もしや足下にいないか、怪我《けが》をさせてしまわないかとオレの方がガチガチに緊張してしまう。

つん、と軽い痛みに振り返ると、数人の妖精さんが慌てて飛び去った。その手に握りしめているのは、黒の絹糸《きぬいと》。誇らしげにオレの髪の毛を掲げる妖精さんに、わっと他の妖精さんが集まった。いやいや、髪の毛は珍しくないでしょう……君らにも生《は》えてるよ？

完全なる珍獣《ちんじゅう》扱いに苦笑する。人間なんて珍しくもないだろうに、ここの妖精さんはあまり里から出ないんだろうか。

『すまんの、色が珍しい上に、お主ほどの輝きを見たことはないからのう。話はしておいたんじゃが、妖精は好奇心の塊《かたまり》じゃからのう……』

「怖がられるよりずっといいよ。そっか、黒髪黒目って妖精さんにもいないんだね」

『そりゃそうじゃ、妖精は淡《あわ》い色が多いからのう』

確かに、人間よりずっとカラフルだと思ったけれど、濃い色の髪が見当たらない。光っているせいもあるかもしれないけど。

広場に着く頃には、『この珍獣は安全』と判断したらしい妖精さんたちが群がって、大変なことになっていた。両肩は満員御礼《まんいんおんれい》だし、頭に至っては乗るだけでは足りず、潜《もぐ》り込んだりしがみついたり、妖精さんでなければ重みに耐えかねているところだ。今オレって、妖精さんまみれで光の塊みたいになってるんじゃないだろうか。

妖精さんたちのあまりの群がりっぷりに、いつも肩に乗っていたモモやチュー助さえ中に引っ込んでいる。ティアだけは不動の飾り物と化して乗っているけれど。

『広場まで来んでもよかったのう。皆、これがユータじゃ！　天狐《てんこ》様の……お友達じゃよ！』

ぶんぶんと杖を振って紹介したチル爺に合わせ、ぽんっとラピスが現れた。

お友達……この言い回しは、当のラピスと綿密な打ち合わせが行われたとかなんとか。

突如現れたラピスを目にして、一瞬鎮《しず》まった広場に歓声が上がった。

――ラピス、偉い人みたいなの。

満更でもなさそうなラピスが、きゅっと鳴いてオレの頬《ほお》にすり寄った。妖精さんたちの視線もそれに伴ってオレに集まる。尊敬の眼差《まなざ》しに、オレの方は心臓が縮まりそうだよ……。

『あらまあ～、本当に美しい御子《みこ》だねぇ。来てくれて嬉しいわぁ』

降ってきた声に空を仰《あお》ぐと、遥《はる》か上の枝からふわふわ光球が降りてきた。グレーの髪を大きな三つ編みにしたおばあさん妖精は、穏やかなあやめ色の瞳でじっとオレを見つめる。

『はじめまして、ね！　いつも話は聞いていたのよ。おだしもありがとうねぇ』

にっこり微笑んだ優しげな面立《おもだ》ちに、ハッとしてチル爺に視線をやった。

『そうじゃ、こやつがばーさんじゃよ』

頷いたチル爺に、ばーさんと呼ばれた妖精さんが心持ち鋭い視線を投げかけた。

『……おじいさん、私、その説明だと嫌だわ？』

『そ、そうじゃった。こほん、ワシの妻、アヤナじゃ。最長老の側仕《そばづか》えをしておる』

え、最長老ってもしかして一番偉い人？　チル爺の奥さんってお偉いさんだったんだ！　そうでなくとも魔法の師匠の奥様だもの、失礼がないようにしなきゃ！

「は、はじめまして、いつもお世話になってます！　あの、調味料の時は本当にありがとうございます！　おかげでお米も見つかって、すごく助かったんです！」

お米が見つかったのは、アヤナさんがチル爺に持たせてくれた麹《こうじ》のおかげだ。そういえば塩麹として使おうと、取り置いたままだったのを思い出す。

『なんかお主、ワシより扱いが丁寧《ていねい》じゃないかのう？　ワシだって長老職ではあるんじゃが』

……そんなことないよ。チル爺にはあんまりオーラがないからとか思ってない。

『それならよかったわぁ。ごめんなさいね、最長老はあまり自由の利く身じゃないからここまで来られないの。あなたに行ってもらうわけにもいかないしねえ』

困った顔で頭を下げるアヤナさんに慌てて首を振った。そんなお偉いさんと会うなんて、できれば避けたいもの。願ったり叶《かな》ったりだ。

『あなたのおかげで、今年は極上《ごくじょう》のものがたくさん出来上がるわねぇ。最長老からも重々お礼をと言われているの。私も楽しみにしているわね』

アヤナさんはかわいらしくうふふっと微笑むと、チル爺に視線を送って樹上に戻ってしまった。

「……？　極上のもの？　出来上がる？」

オレの頭には疑問符がいっぱいだ。オレって、何かするために連れてこられたの？

『さて、それじゃあ説明するかの。まだ時間はあるが禊《みそぎ》もいることだしのう』

み、みそぎ……？　極上のものが、たくさん出来上がる……？　脳裏《のうり》に浮かんだのは、どこかの注文が多いという料理店。途端にさあっと血の気が引いた。

「あの、チル爺……もしかしてだけど、妖精って、人を食べたり……なんて？」

恐る恐る口にすると、見上げた小さな背中がピタリと止まった。振り返ったその顔は――。

……オレは大層むくれて木陰《こかげ》に座り込んでいた。肩ではチル爺がまだ体を震《ふる》わせている。

「そんなに笑わなくても……」

『いや笑うじゃろっ!!　何をどう発想したら、そん、そんなっ……妖精っ……人をっ』

また笑いの発作が始まった。別に、おかしくないと思うんだ。だって地球では妖精って割と残酷ないたずらをするお話があったり、人を食べるのだっていたと思うんだけど。

まあ、ひとまずここの妖精は違うらしいとホッと安堵《あんど》した。

「じゃあ、どうして禊をするの？　何が出来上がるの？」

頬を膨《ふく》らませてチル爺を睨《にら》むと、ふわっと浮かんだチル爺が目の前に来た。

『じゃから、説明すると言ったじゃろ。お主にはな、作ってもらいたいものがある！』

もったいぶって言葉を切ったチル爺が、くるくると高く舞って太陽を背に、両手を広げた。

『そう――、神へ捧げる御神酒《おみき》じゃ!!』

……え？　オレが？　なんで??

空を背景にばっちり決めたチル爺だけど、オレの頭は再び疑問符でいっぱいになっていた。

「オレ、お酒の造り方なんて知らないよ？」

やらせてもらえるなら、ぜひとも参加してみたいけれど。

『心配いらぬよ、やってもらうのは単純なことじゃ。御神酒じゃからの、作る工程が大事なのじゃ。まずは禊の場へ行こうかの』

連れられるまま、しばらく森を歩いて辿り着いたのは、滝……だろうか？　木々に囲まれ、比較的浅い滝壺《たきつぼ》がひっそりと水面を揺らしている。ここへ近づくにつれ、たくさんついてきていた妖精たちは潮が引くように去っていった。名残惜《なごりお》しげに手を振る様子からするに、禊の場所は普段立ち入り禁止なのかな。

『うむ、ちょうどよい水量じゃの』

岩壁を這《は》うように流れてくる水は、テーブル状に突き出た岩盤で支えを失い、水煙《みずけむり》となっておぼろに崩《くず》れている。ほのかな風に、白く霧のようにふわふわと揺れていた。

「きれい！　ここに入っていいの？」

もっと修行みたいなものだと思っていたから、楽しそうな光景にうずうずと心が逸《はや》る。

『そうじゃ、ここで身を清めてから、これを着てくれるかの？』

チル爺がぽんと空間から取り出したのは、生成《きな》りの服だろうか。ちゃんとオレサイズらしき服は、触れてみると、綿でも麻でもない上等の肌触りがする。

「チル爺はどこかへ行っちゃうの？」

『そうじゃ、禊は基本的に1人で行うからの。お主、見目《みめ》は幼いが1人で大丈夫じゃろ？』

1人で遊ぶよりチル爺がいる方がいいけれど、これは水遊びじゃないから。少々不満はありつつ頷くと、チル爺も重々しく頷いて立ち去ってしまった。

「――冷たっ！　でも、気持ちいい」

試しに触れた水の冷たさに、知らず口角《こうかく》が上がる。とっても冷たくて、こんなところに入ったら怒られそう。だけど、仕方ない。だって禊だもの、入らなきゃいけないんだから。

水遊びする気温でもないけれど、苦行になるほどでもなく、ワクワクと心が躍った。誰もいないし、すぱんと全部脱《ぬ》いで足を浸してみる。荒く角が取れただけの石ころが足裏に少々痛く、きゅーんと引き絞《しぼ》るような冷たさが沁《し》みた。

堪《たま》らず両腕を固く胸元に縮め、きゃあっと歓声を上げた。オレの高い笑い声が水音に混じって木々の中に吸い込まれていく。はしゃぐ自分の声がおかしくって、子どもの笑い声って本当にころころしてるんだな、なんて思った。

しばしじっと冷たさを堪《こら》え、ざぶ、ざぶ、と一歩一歩足を進めると、じりじり上がってくる水位にくすくす笑いが止まらない。お腹まで水が来た途端、一段と冷たく感じて足をばたばたさせた。動きに伴ってぱちゃぱちゃ揺れた水が、なおさら冷たい。

『主、なんで冷たいのにそんな嬉しそうなんだ？』

「そんなこと言われても、知らないよ。だって、笑ってしまうんだよ」

ほんと、なんでだろう。分からないけど、降り注ぐ温かな木漏《こも》れ日《び》を仰いで大きく笑った。

「冷たいけど、慣れるとすごく気持ちいいね」

滝壺は、一番深いところでオレの胸下あたりまで。段々指先が冷たくなってきたけれど、体は慣れてきた。ひりりと冷たい水は、本当に穢《けが》れを落としてくれているよう。

『スオー、冷たいのイヤ。あったかいなら入る』

——ラピスもあったかいの好きなの！

「温泉？　いいね！　またみんなで入りたいなあ」

ああ、禊をしているというのに、温泉に入りたくなってきちゃう。

オレは白く煙る滝を見据え、ゆっくりと歩を進めていく。澄んだ水は足の爪までしっかり見え、とろとろ揺らめく光がオレの足を照らしている。茶色やグレーの川底の中、小さな足はびっくりするくらい白く見えた。

「わあ、もっとお水が多かったら秘密基地ができそう！」

水煙を上げる滝は、屋根のように突き出た岩で砕け、霧雨《きりさめ》のように細かく降り注いでいる。吸い込む空気にたくさん水が含まれて、鼻の中でぱちぱちするような気がする。水煙に手を差し入れれば、ミストシャワーみたいな感触だ。

滝の中に入るなんて、本当にいいんだろうか。こんなわくわくすることをやっちゃってもいいんだろうか。オレは高鳴る胸を抱え、重くなってきたまつげをひとつ瞬《まばた》くと、ぐいっと大きな一歩で滝の中へ体を滑《すべ》り込ませた。

「…………」

そっと閉じていた目を開ける。滝行になんてなりそうもない、心地よい霧雨が体を打っている。とても冷たい。冷たいけれど、体も慣れてしまって、痺れるような心地よさがあった。

くるりと向き直ると、水煙の向こうに明るい森が見える。

なんだかオレ、水の神様にでもなったような気分だ。龍神様って、こんな感じなのかもしれない。きゅっと縮めていた両手を広げると、目を閉じて降り注ぐ滝を顔に受ける。

ああ、冷たいね。温かかった頭もすっかり冷えて、体の表面の感覚が鈍《にぶ》くなっている。

だけど、すごくいい感じ。自然と、笑みが浮かぶ。

そうだ、舞いを舞ってる時のような。あの、心が浮かぶような感じ。

ここで舞えば、どんなに素敵だろう。ちょっと、やってみようかな。そんな風に手を上げた時、ぎこちない動きに気がついた。体が強《こわ》ばって、とても優雅に舞えそうにない。すっかりかじかんで感覚がない。言うことを聞かずに震える体を、ただ残念に思った。

「ピピッ！」

水音に混じって、耳元でティアの声が聞こえた。次いで、温かな魔力が流れて、心臓がとくりと音を立てた気がする。

『ゆうた、冷たすぎるわよ！　早く出なきゃ！』

『体が動かなくなっちゃうよ？　ぼく、ここへ出てきちゃダメなんでしょう？』

心配するみんなの声に、ハッと意識がクリアになる。慌てて滝から出ると、オレの体は歯の根も合わないほどに震えていた。

――ユータ、大丈夫なの？　ラピスみたいに真っ白なの。

『あうじ、おくちがへんないろ！』

そうだろうな、と苦笑すると、どうにかこうにか足を動かして水から抜け出した。

「さ、さ、さ、む……」

かじかむ手がじれったくて、魔法で体を乾かすと、急いでチル爺に渡された服を広げる。

「ふ、ふく、じゃ……な、ない……？」

これ、服じゃない。ただの大きな布だ。首を傾げ、ひとまずぐるぐると体に巻きつけた。

『ぼく、もう出てもいい？』

禊は終了したから、もういいだろう。そもそも、召喚獣は出てきてもいいんじゃないだろうか。頷くと、シロと大きいチャトが飛び出して瞬く間にオレを包み込んだ。

『ゆーた、氷みたい』

『冷たい』

「あぁ～……あったかい。２人は、お布団みたいだよ」

まさに溶けゆく氷のように、冷たさがみるみる消えていく。代わりに2人が冷えてしまうのが申し訳ないと思いつつ、体が柔らかくほどけ、ふうっと息を吐いた。

身じろぎに伴って体を浮かせてくれたシロが、伸ばしたオレの足の上に腹を伏せた。

「シロ、あったかいけど動けないよ」

『まだ冷たいから、動いたらダメだよ』

メッと諭《さと》すような水色の瞳に、じゃあもう少し、と両手で目の前の白銀の毛を梳《と》いた。ことんと頭を後ろへ倒すと、ふかっと耳まで温かい。シロと寄り添うように伏せているチャトが、背中を温めてくれる。

「ありがとう。気持ちよくて寝ちゃいそう」

『寝ればいい。おれは寝る』

宣言通り目を閉じたチャトが、ぱたん、ぱたんとしっぽで眠りのリズムを取り始める。

寝たら、ダメだと思うんだ……これから、お酒造りをするんだから……。

冷えていた体が、反動で指先までぽかぽかとしてくる。唇やほっぺまでじわじわと温かく、きっとリンゴのような色になっていることだろう。どこもかしこもふわふわで、身を寄せたシロとチャトの呼吸が肌から伝わってくる。

こんな、こんなの……無理だよ……。

2章　神様よりも

触れるもの全てが柔らかく、温かくて頬をすり寄せた。ああ、最高にぬくぬくと心地いい。

『……のう、そろそろ起きんかの。その格好では風邪を……まあ、ひかぬじゃろうが』

あまり寝起きに聞かない声が遠慮がちに聞こえて、つんつんと頬に何かが触れる。

あれ？　そういえばオレ……。

ハッとして飛び起きると、目の前にいたらしいチル爺がころりとシロから転げ落ちた。

「あっ！　チル爺、オレちょっとウトウトしてた⁉　ごめん、時間大丈夫⁉」

シロとチャトのぬくぬくから体を起こすと、肌にひやりと外の空気が触れた。どうやら巻きつけていた布からは知らぬ間に抜け出していたらしい。朝からここへ来たはずなのに、お日様がてっぺんを過ぎているような気がする。

『ウトウトではないのう、しっかり寝ておったわ。時間はよい、説明しながら村の案内でもしようと思っておっただけじゃからのう。それよりも戻ってこんから心配したわ！　まさか溺《おぼ》れはすまいと思ったが……』

杖でコツンと頭を小突《こづ》かれ、やれやれとため息を吐《つ》かれる。それもどうやら、しばらく寝かせてくれていたらしい。オレは随分すっきりした頭で伸びをした。

『ほれ、いつまでも裸ん坊でいるものでない。早う衣装を身に着けるのじゃ』

チル爺が布を引きずってきたけれど、身に着けるってこれ、ただの布なんだけど。仕方なくぐるぐる巻きつけようとすると、呆《あき》れた視線を寄越された。

『なんじゃ、お主着方が分からんかったか。風呂上がりじゃあるまいに、それはないのう。留め具はどうしたのじゃ、一緒に置いてあったじゃろう』

実際風呂上がりみたいなものだけど、どうやら着方があったらしい。留め具？　そういえばブローチみたいなものはあった気がする。

チル爺は草の合間に転がっていた丸いブローチを2つ拾ってやってきた。

『まずはこう折って……ここに体を入れるのじゃ。そうそう、お主はそっちを持っておれ』

一度折り返した布に体を入れると、ちょいちょいと肩の部分をブローチで留めて、布をまとめていた紐《ひも》で腰を縛れば——。

「すごい、服になった！」

神様が着る服みたい。ひらひら、ハタハタして楽しい。

『そんなに走り回るでない、ほれ、横がはだけてしまうのじゃ』

かいがいしく服を直すチル爺にくすくす笑う。着物を着せてもらった時みたいだ。

『さて、向こうはもう準備できておるからのう。さっそく行こうかの』

「うん！　それで、何をするの？」

『ワイン造りじゃよ！　ワシらも造るが、お主の足踏《あしぶ》みなら良いものができるじゃろうて』

足踏み……？　もしかして、ブドウを踏んで果汁を絞るやつ？

「そういうやり方があるって知ってるけど、神様のワインを足で踏むのってなんだか……失礼じゃない？　汚いような気がして」

『何を言う。清らかなおと……男なのじゃから、なんら汚いことはないのじゃ』

オレは視線を逸《そ》らすチル爺にじっとりした視線を向けた。やっぱりここでも普通はブドウ踏みの『乙女』だったんじゃないの？

「……『男』でもいいの？」

『……知っておったか。いいのじゃ、人の世ではどうか知らぬがのう、清らかであることに男女差などないのじゃから』

それはそうだろうけど、こう、イメージってものだろうか。だけど男でも女でも、オレくらいの幼児なら気にならないかもしれない。

「妖精さんたちも、ブドウ踏みするの？」

『ワシらがやるにはあまりに非効率じゃからの、槌《つち》で突くのじゃ。大槌を引くのは50にならない子と決まっておる』

ふ、ふーん。妖精さんは50歳くらいまでは子どももなんだね……。大槌っていうのは丸太をロープで引いて、滑車《かっしゃ》で上げ下ろしする……昔の地固めみたいな方法らしい。

「それ、魔法で造った方が簡単じゃないの？」

『御神酒を簡単に造ってどうする。そこにかける手間や想いが大切なのじゃ。……じゃから、御神酒でない酒は魔法でもなんでも使うがのう』

そんなことを話しつつ村へ戻ると、来た時とはすっかり様子が変わっていた。

「わあ、これが大槌！」

槌になる丸太はさほどでもなく、支える枠組みの方がずっと大きくて驚いた。宙ぶらりんになった丸太の下には大きな木樽《きだる》が設置されていて、きっと中にはたくさんのブドウが入っているんだろう。そんな大槌がいくつか用意され、色とりどりの妖精さんがわんさか溢《あふ》れ、すっかりお祭りの様相だ。

『ゆーた！』『おそーい』『こっちこっちー！』

「わ、みんなかわいい格好だね！」

妖精トリオは白い衣装を身に着け、頭には草冠《くさかんむり》を載《の》せている。よく見れば衣装はオレと同じようだけど、妖精トリオが着ていたらすごくかわいらしく見える。

『いっしょだよー』『ゆーたもかわいい』『かみさまのふくー！』

うふふ、えへへ、とはにかむ妖精トリオが誇らしげにくるくる回ってみせる。そっか、確かみんな50にはならないはずだから、大槌を引くんだね。

『ほれ、お主はこっちじゃ』

チル爺が示す木樽は妖精さんたちのよりも浅かったけれど、それでも行水《ぎょうずい》できそうなくらいの大きさがある。中には黒っぽいブドウが山になっていた。

「うわぁ、本当にブドウだ！　これを踏んじゃうの？」

『良い実りじゃろう、そのままでも美味いが、しっかり踏んで良いワインにすればもっと……楽しみじゃのう』

チル爺は既にウキウキと楽しそうだ。楽しみはブドウ踏みじゃなくて、ワインだろうけど。

オレは木樽に入ったブドウを一粒つまんで、口に入れてみた。

「あれ？　本当だ、結構美味しい」

ワイン用だもの、きっと甘くないと思っていたのだけど、割と甘い。ただ、皮は分厚《ぶあつ》いし種もある。普通に食べたって美味しいのに、全部ワインにしちゃうのがもったいないくらい。

――と、広場を囲む木々から、シャラララ！　と鈴の音が響いた。目を凝らすと、周囲の木々には体中に葉っぱを飾った妖精たちが、手に手に楽器を持って控えているのが見える。さんざめく妖精さんたちが、持ち場へついて静かに口を閉じた。

『さあ、そろそろじゃ』

チル爺に促され、オレも木樽の前へ行く。踏み台の先には、きれいな水を張ったタライが置いてあった。

『次の鈴が、木樽へ入る合図じゃ。その後、お囃子《はやし》と共に開始じゃ。気張るのじゃよ』

とんとん、と杖で肩を叩《たた》かれ、ドキドキしてきた。

シャラララ！　再び鳴った鈴の音に、チル爺がこくりと頷いてみせる。オレも頷き返すと、高鳴る胸を押さえて進み出た。

タライに素足を浸けると、２人の妖精さんが恭《うやうや》しく葉っぱの冠を頭に被《かぶ》せてくれる。念のため洗浄魔法もかけた上で、そうっと木樽の中へ足を下ろした。

「……うわぁ」

つい何とも言えない声が漏れてしまった。

ぷちちゅ、ぷちちっ――。

小さな足の裏で弾《はじ》けていくブドウが、気持ちいいような、悪いような。そしてやっぱり非常に罪悪感がある。割と衝撃的な感触に、緊張もどこかへ行ってしまったみたいだ。

タンタタッ、トト、カンカラッ！

突如軽快な太鼓《たいこ》の音がひとつ響いたかと思うと、呼応するように様々な楽器の音が追随《ついずい》し始めた。軽快な太鼓の音に、笛の音。カンカラ言う柔らかな軽い音は、なんて楽器だろう。どんどん増えていくお囃子の楽器と、手囃子・足拍子。時折、『そいっ』とか『そぉーれっ！』なんて声が入って、周囲の妖精さんたちみんな、何かしら音を立てて踊《おど》り始めた。

タンタタッ、ツトト、カンカラッカカン！

自然と口角が上がる。沸《わ》き立つようなリズムに、自然と体が揺れた。

「ふふっ！」

どうやって踏めばいいんだろう、なんて考える必要なかった。長い裾《すそ》をたくし上げ、オレはデタラメにブドウを踏んで踊る。弾けていくブドウが飛び散って、白かった衣装がみるみる染まっていく。

「あっはは！」

片足で踏んで、くるりと回って両足で跳んで。ぷちゅぴちゅ言っていた足下が、だんだん重くぴちゃぱちゃ言い出して、ブドウの上にあった足がずんずん下へ埋まり始める。

——楽しい。賑やかなお囃子に誘われるまま、好き勝手に体を動かして踊る。

いつの間にか、妖精さんたちがオレの衣装の裾をたくし上げて留めてくれた。見ず知らずの妖精さんと手を繋《つな》いで回る。１回まわるたびに違う妖精さんと手を繋ぎ、まるでダンスしているみたい。

　オレはただ、ひたすら笑い転げながら踊ったのだった。


「つ、疲れたぁ」

　時刻は夕方に差しかかろうかという時、オレはようやく任務を終えてへたり込んでいた。

　曲がりなりにもDランク冒険者、ワイン造りで音《ね》を上げるなんてあっちゃあならない。だけど、だけど！　朝からずうっと頑張ったんだもの、相当なものだと思うんだ。ブドウを踏みながら踊り続けた足は、泥《どろ》が詰まったように重だるい。

『さすがじゃの、ここまで通してできるとは思わなんだ』

　心地いい草地に寝転がって、ふわりと寄ってきたチル爺を見上げた。

「通してできなかったら、どうしてたの？」

『無論、休憩を挟むつもりじゃったよ？』

　な、なんと……。つい楽しくてやりすぎたのはオレだけど、先に言っておいて欲しかった。

　もう抗議する気力もなく、大きく息を吐いて目を閉じる。まだ続く祭り囃子が耳に心地いい。

　オレが担当したブドウはすっかり潰《つぶ》れて、せっせと樽に詰め替えられているところだ。

　ひとまずティアと回路を繋ぎ、ほっと人心地《ひとごこち》ついて体を起こした。広場では『そーれ、そーれ！』とかわいい声が聞こえている。妖精さんたちの大槌は、まだ稼働しているようだ。子どもたちが代わる代わるこんなに長い間頑張るんだもの、さぞかし神様も喜ぶだろう。

「美味しいワインになるかなぁ」

『そりゃあもう、格別に決まっておる』

勢い込むチル爺にくすっと笑った。途端にお腹がぐう、と鳴って、切なくさすった。その手はすっかりブドウ色で、衣装ももはや最初の色が分からないくらいだ。さすがに足は洗ったもののの、全身ブドウ色に染まって、なんとなくぺたぺたしている。もう鼻が慣れてしまってよく分からないけれど、オレは今、さぞかし良い香りがしていることだろう。ユータのブドウ和《あ》え、どうぞ召し上がれだ。

『腹が減っておろう、もうすぐご馳走《ちそう》ができるからの』

「ご馳走があるの⁉」

『あるとも！　宴《うたげ》はこれからじゃ！』

チル爺がそわそわしている。その様子からすると、お酒があるんだろう。ご馳走って言うからにはお食事もあるんだろうけど、妖精さんサイズのお料理だったら……すごく切ない。

『つかれたー』『がんばった！』『おなかへったー』

ふいにオレの心の声を代弁するような台詞が聞こえ、妖精トリオがへろへろと飛んできてオレの膝《ひざ》に墜落した。

「みんな、よくがんばったね！　あんな大槌をずっと引いたんだもの、すごいよ！」

こんな小さな体に、よくもそんなエネルギーがあるものだ。掛け値なしの賞賛の言葉に、妖精トリオはつぶらな瞳でオレを見上げ、はにかんで笑った。

「みんな、元気になあれ！」

頑張ったみんなにサービスだよ。膝の上で転がる３人に点滴《てんてき》魔法を施《ほどこ》せば、うっとりと心地よさそうに目を閉じた。

やがて響いてきた鈴の音に、顔を上げる。いつの間にか祭り囃子も止《や》んでいた。

「終わりの合図？」

チル爺を振り仰ぐと、膝の上から賑やかな声がした。

『はじまりのあいず！』『これから！』『いこう、いこう！』

飛び上がった妖精トリオにぐいぐい引かれて立ち上がる。

「どこに行くの？」

『言ったじゃろ？　宴はこれからじゃと！　さあさあ、行くのじゃ！』

えっ？　オレ、このまま？　ブドウ色の衣装を着替える暇《ひま》もなく、追い立てられるように再び広場の中央へと向かった。辺りは祭り囃子とはまた違った穏やかな音楽が流れ始め、方々で楽しげな笑い声が響いている。

「これ全部ワインになるの？　たくさんできたね！」

『そうじゃの！　ほれ、こっちがお主の造ったワインじゃよ』

広場に並んだ木樽の前で、チル爺が手招きしている。オレが造ったワイン……いや、まだブドウジュースだけど。これってどのくらいでワインになるんだろう。何年も必要なのかな。

オレが造ったワインをルーやカロルス様に渡したいけど、きっとまだまだ先になるんだろう。

『今夜、月が出れば「時惑《ときまど》いの穴」に運ぶからの』

「え？　時惑いって？」

『ワインにするのじゃから、熟成《じゅくせい》が必要じゃろう？』

さも当然のように語るチル爺によると、大昔の妖精が偶然作り出した魔道具みたいなものらしい。とある洞窟が、時の流れが早くなる空間倉庫になっているそう。

「すごいね！　そこに運び込めばすぐに熟成するの？」

『すぐに、とはいかんが、次の満月までには出来上がるはずじゃ！　楽しみにしておれ』

味を染み込ませたいものとか、お味噌《みそ》とか、手っ取り早く作れるってことだよね。便利で羨《うらや》ましいと思ったけれど、時の流れに合わせた繊細《せんさい》な職人技がいるらしく、使い勝手は悪いそう。ワインもタイミングを見計らって何度か出し入れしたり、樽を移し替えたりするらしい。

「美味しいワインになりますように」

樽をぎゅうっと抱えてお祈りしておいた。でも、そういえば神様のためのワインなんだから、捧げる相手に祈ってもダメかもしれない。だけどオレはそんなことすっかり忘れて、ルーたちのために、って一生懸命になっていたよ。

「でもルーだって神獣なんだから、神様みたいなものだよね」

だから、神様のために祈りを込めて造ったと言っても間違いじゃないはず。漆黒《しっこく》の神様は、ワインを持っていったらどんな顔をするだろう。お髭もお耳も前を向くだろうか。きっと『うまい』なんて言わないに違いない。語らない獣《けもの》から滲《にじ》み出る感情は、きっと体のあちこちが示してくれるだろう。オレはくすっと笑って木樽を撫でたのだった。


『おいしいよー！』『ほらこれ！』『たべよー！』

振り返ると、広場に着いた途端どこかへ行ってしまった妖精トリオが、何やらえっちらおっちら運んでくるようだ。

「これどうしたの？　美味しそう！」

『もってきたー』『はやくいこう』『おいしいよ！』

妖精トリオが運んできたのは、葉っぱに包まれた分厚いハムみたいなもの。ハガキくらいのサイズで、厚みは文庫本ほどもある。空《す》きっ腹のオレは見ただけでよだれが滴《したた》りそうだ。

『これ、ユータの』『もっといろいろあるよ！』『おにく、おいしい！』

妖精トリオのお口の周りを見るに、既に腹の虫を宥《なだ》めてきたらしい。オレも大きなハム（？）を受け取ると、大急ぎでかぶりついた。

途端に香ったのは、燻《いぶ》された煙の香り。これ、燻製《くんせい》肉だ！　見た目通り、ハムみたいな食感だけど、高級感が違う。いつものオレだと少々多いくらいのサイズだったけれど、今はそれどころじゃない。歯切れよく食べやすいことも相まって、タクトみたいな勢いで食べてしまった。

「すごい！　色々あるね！」

既に大槌が片付けられた広間には、中央の木樽の向こう、大きな木を囲むようにテーブルが設置され、ブッフェスタイルになっているみたいだった。好きなものを好きなだけ取り分け、切り分けて持っていける形式なら、オレだって妖精さんサイズで泣かなくても済む。

あっという間に食べ終えたハムの名残を惜しんでぺろりと指を舐《な》め、テーブルの全部を味わうべく、歓声を上げて駆け寄ったのだった。

「妖精さんって燻製が得意なんだね」

『よう食うのう。そうじゃ、森によい香木《こうぼく》もあるでな、なかなかじゃろ？　酒にもよく合ってのう。ほれ、あのチーズはもう食べたかの？　あれは御神酒によく合う香木で燻され――』

チル爺は置いておこう。語り始めたチル爺からそっと離れ、オレは再びテーブルの制覇目指して奮闘を始める。ただでさえお酒関連になると止まらないのに、チル爺は次々ワインを飲んでいる。お髭の中から突き出たお鼻が、既に真っ赤だ。

いいな、と思うけれど、醜態《しゅうたい》を晒《さら》したことを思えば今ここでお酒は飲めない……。あれが合う、これが合う、と言いつつワインを呷《あお》っていくチル爺は、千鳥足《ちどりあし》ならぬ千鳥飛び？　いややや千鳥は立派に飛ぶけれど。そうしてついにテーブル上に落下したチル爺が、自分のお髭を踏んでお料理にダイブしてしまった。そのままもぐもぐやり出したのを横目に、やっぱり醜態は晒せない、と改めて禁酒の誓いを立てたのだった。

◆◇◆◇◆

「ただいま！」

濃厚な1日を過ごして寮に帰ると、２人がそれぞれ手を止めてこちらに視線を合わせた。

「おかえり～。遅かったね～」

「おかえり！　飯《めし》食ってきたんだろ？」

こくりと頷くのももどかしく、ベッドへと転がり込む。今日はどこへ行くか分からなかったから、ごはんはいらないって言っておいたんだ。この様子だと2人も既に済ませたんだろう。

「疲れた……楽しかったけど」

「妖精の爺さん、どこへ連れてってくれたんだ？　俺、聞いてもいいことか？」

タクトが瞳を輝かせてベッドへ乗り上げ、話をせがむ。タクトとラキならチル爺たちにも会ったことあるし、話しても大丈夫だろう。

気合いの抜け切った体がベッドに溶けてしまいそう。心地よく漂う手足の疲労感が、じわじわ馴染《なじ》んで広がっていくような気がする。枕に伏せていた頭を上げ、ごろりと仰向いた。

「ふふっ！　すごいところに行ってきたよ。冷たい滝に入ったり、踊ってワインを作ったり、ご馳走食べたりしたんだよ！」

「ご馳走!?　くそ、俺も行きたかった!!」

「ダイジェストすぎるよ……これっぽっちも伝わらない～」

悔《くや》しがるタクトと、やれやれと首を振るラキ。

「チル爺にはね、いいお酒がないか相談してたんだ。プレゼントしたいヒトがいたから」

ふと、笑みを浮かべる。本当、それだけだったはずなのに。それなのに、随分と想定外の事態になってしまったんだった。

『あなたが関わると、何もかも想定外の出来事になってしまうわね』

『想定外の楽しさ。きっとスオーのおかげ』

足を投げ出して座る蘇芳《すおう》が、熱心にモモを揉《も》んでいる。まるでパンこね職人みたいだ。全く動じないモモって、やっぱりみんなのお姉さんな気がする。

「じゃあ、いいお酒が見つかったの～？　でもその香りはお酒じゃないよね～？」

「酒じゃねえよな！　それ、どっから匂《にお》うんだ？　甘いな！」

タクトがフンフンと犬のように鼻を鳴らして、オレの方へ顔を寄せた。

「え？　まだ匂いがする？　洗ってきたんだけど」

足はすごいことになっていたので、洗うだけじゃなくて洗浄魔法をかけてある。むしろ足のブドウ臭《しゅう》は抜けているはずだ。体は普通に洗えば大丈夫だと思ったんだけど、やっぱり鼻が慣れちゃって気付かなかったみたいだ。

「帰ってきた瞬間から、すごく甘いよ～。ブドウかな～？」

ラキまで寄ってきてフンフンやり始め、堪らず2人を押しのけた。

「くすぐったい！　そう、ブドウだよ！　オレ、ワイン造りしてきたんだ！　知ってる？　ブドウを踏んじゃうんだよ！」

がばっと身を起こして声を弾ませると、2人の目も輝いた。

「ブドウを!?　もったいねえ！」

「うわあ、面白そうだね～」

しっかりと引き寄せられた視線に、満面の笑みを浮かべて両手を広げる。

「それも、チル爺たちの妖精の里で造ったんだよ！」

目を見開いた2人が歓声を上げげた。そうでしょう、すごいでしょう！　いつか、2人も一緒に行けるといいな。2人ならきっと歓迎してもらえると思うんだ。

オレは2人の興味が尽きるまで、思い出せる限り今日の出来事を話し始めた。

「寝るな！　ブドウは案外美味《うま》くて……なすびの味噌汁？　ちゃんと起きて話せって」

「もっと詳しく～！　大槌の支柱はどのくらいって～？　ほらまた寝てる～！」

そう……2人の興味が尽きるまで、左右から揺さぶられる刑に処せられたのだった。


——あふ、とまたあくびが漏れた。歩いていても、まぶたが落ちてきそう。

「ねむ……。今日は絶対にお昼寝しよう」

オレは固い決意を胸に、木漏れ日の満ちた湖のほとりで温かな影を探す。

いるかな？　いるよね？　彷徨《さまよ》った視線が、明るい木陰でぴたりと止まった。ふわっと笑みを浮かべて駆け寄ると、一足飛びにダイブする。

「ルー！」

ああ、あったかい。しなやかな体を覆《おお》う漆黒の毛並みは、今日も肌に心地いい。ほっぺといわず、顔中でその毛並みを堪能《たんのう》し、小さな手を首回りのタテガミに潜り込ませた。オレはルーを的確に堪能するプロフェッショナルだと思う。衝動的に全身でその毛並みを味わうと、渇望《かつぼう》が満たされ少し落ち着いた。オレは深く長い吐息《といき》を漏らし、埋《うず》めていた顔を上げた。

「はあ～……ありがとう。ルーって本当、癒《い》やされるよね」

不機嫌《ふきげん》な金の瞳が、満たされて輝く笑顔をじろりと睨みつける。

「勝手に癒やしを得るんじゃねー！　癒やした覚えはねー！」

いつも通りの不機嫌な仮面だけど、ルーも割とリラックスしているんじゃないかな。ほら、そのしっぽが。それに、こうして体を預けると確かに聞こえる低い振動音。これ、チャトはご機嫌でリラックスしている時に鳴ってるよ。ルーは違うんだろうか。

「オレはルーを撫でると癒やされるんだから、ルーもオレを撫でてみたらいいんじゃない？」

「なっ……どういう理屈だ！」

相当予想外だったのか、金の瞳が丸くなっている。分からないよ？　案外、癒やされるかもしれないでしょう。残念ながら、オレはもふもふしていないから効果は少ないだろうけど……ほら、スキンシップはストレス緩和に有効だって言うんだから。

「ほら、どうぞ！」

ルーの目の前に回り込むと、さあ、と両手を広げてみせる。

ずいっと鼻先に進み出ると、ルーは気圧《けお》されるように首を引いた。

「いらねー！」

「遠慮なく！　オレはいつも遠慮なく触ってるし」

いらないとは失敬な。へたっと耳を倒して後ろに下がっていきそうなルーに、むっと唇を尖《とが》らせさらに一歩踏み出した。

「う、るせー！」

がぶう！　限界まで首を縮めたルーが、追いつめられて反撃に出た。

「わ、ちょっと！　ヨダレまみれになるよ！」

ものの見事に咥《くわ》えられて手足をばたばたさせる。ちょっと楽しいけど、オレの思っていたスキンシップと違う。ほら、お腹にじわじわヨダレが沁みてくるよ！

もう！　と首を捻《ひね》って金の瞳を見つめると、してやったりと言いたげな顔で、あむあむとオレを噛《か》む素振《そぶ》りをしてみせる。大きな獣に咥えられながら、不思議なほどに怖くない。だって噛むはずないし、ルーはヒトだもの。

「オレ、美味しい？　お味はどう？」

くすくす笑うと、べっと放り出されてしまった。

「うるせー！　本当に食うぞ！」

「えー、ちゃんと食べられる〜？　生で食べるの？」

ルー、最初に会った時に人は食べないって言っちゃってたよ。

「食わねー！　ゲテモノなんざ、ご免だ」

「失礼な！　きっと極上だよ！」

どんな生き物も大体子どもの方がお肉が柔らかくて美味しいんだよ！　腰に手を当てて胸を張ると、肩に乗っていたチュー助が短剣へ飛び込んでいった。

『俺様はマズくていい！　特上のゲテモノでいい!!』

どうやら食べられるところを想像したのだろうか。

『スライムって美味しいのかしら……？』

『ぼく、あんまり美味しそうじゃないかも……』

興味深そうなモモは、きっといつかスライムを食べてみるんじゃないだろうか。一方のシロはどうしてそんなにガッカリしているのか。

フン、と鼻を鳴らして横になったルーに寄りかかり、オレもいそいそとちょうどいい位置を調整する。さあ、昼寝体勢はばっちりだ。

ふと、がっちりとした前肢《まえあし》が目に留まってにまっと笑った。さりげなく抱えて顔を寄せ——

がぶっ！　ビクッと跳《は》ねた体が愉快だ。弾かれたように頭を上げたルーが、かぶりつくオレを見てじっとりした視線を寄越した。

「…………何やってる」

「ルーが食べなくても、オレが食べちゃうかもしれないよ？」

はん、とあからさまに小馬鹿にした声がした。前肢が取り上げられ、大きな舌《した》が迷惑そうに乱れた毛並みを整えている。

「食えるもんなら、やってみろ」

どこか挑発するような声音《こわね》に、それって本当にやってみてもいいんだろうか、なんて夢うつつに思うのだった。

3章　ロクサレンと王都再訪

「ムッムゥ～ムムッムゥ～」

「ピッピ～ピピッピ～」

朝の光を浴びて、ご機嫌な植物（？）たちが歌っている。葉っぱがゆさゆさ、尾羽《おばね》がぴこぴこしている姿が目に浮かぶ。隣からは、２人の歌に釣られたらしい鼻歌が聞こえた。もう鍛錬を終えて帰ってきているらしい。シャ、シャ、という音は剣の手入れだろうか。

オレは間近に聞こえるたくさんの寝息を感じつつ、ぼんやりと目を開けた。ぽむ、とお腹に軽い衝撃を感じたと思うと、ぽむ、ぽむ、と胸の方までそれはやってきた。胸元でさらに弾んだ丸い桃色が、上を向いたままの視界を通り過ぎておでこに着地する。

『おはよう、さすがに今日は起きたのね』

ほんのりと温かいモモが、ふよふよとおでこで揺れる。

まだ、起きてないよ。まだ、とろとろとしたぬるま湯に浸かっていたい。

「ユーータッ!!　……あれ？　起きてる」

突如、大音量と共に勢いよくタクトの顔が現れ、悲鳴と共に飛び起きた。思わず寝ていたシ口に乗り上げてしまったけれど、泰然《たいぜん》たるフェンリルはびくともしない。

「寝てたよ!!」

美しき儚《はかな》い微睡《まどろ》みの時間をぶち壊されて、思い切り枕を投げつけた。あんなにリラックスしていた心臓が、可哀想《かわいそう》なくらいバクバクしている。

「じゃあよかったじゃねえか。もう起きろよ」

片手で枕をキャッチしたタクトが、腹立たしい顔でにやっと笑う。

「もう起きるところだったの！」

「そう～？　ユータはいつもそこから長いと思うけど～」

ラキもちゃんと起きているみたい。オレも慌てて身だしなみを整え始めた。

だって、今日はお出かけする日だからね！

「本当に一瞬で行けるのかな～？　楽しみ～！」

「俺はまたメイメイ様に訓練つけてもらうんだ！」

そう、オレたちは再び王都に行く準備を整えていた。まあ、準備と言っても主にタクトのテスト勉強だけど。

だってそろそろバルケリオス様のところへ行かなきゃ、下手すると向こうからやってきそうだったから。

「魔物減感作療法《げんかんさりょうほう》、上手くいってるかな？」

Sランクのくせに魔物がダメなバルケリオス様は、モモたちのおかげで少しは慣れてきていたんだけど……しばらく間が空いてしまったから、元に戻っていなきゃいいな。

王都へ行くには転移の魔法陣を使うのだけど、まずは転移魔法陣が設置されている、ロクサレンに帰らなきゃいけない。


「ロクサレンってどんなところなの～？　楽しみ～！」

乱れる髪を押さえ、ラキがにっこり笑った。軽快に走るこのシロ車なら、ものの数時間でロクサレンに着くだろう。

「えっと、オレは好きだけど、あんまりなんにもないんだよ……」

楽しそうなラキに、内心冷や汗が止まらない。だってロクサレンってただの田舎丸出しな村なんだもの。元々滞在予定はなかったのだけど、ラキがオレの家に来るのは初めてだったことに気付いて、まずはロクサレンで1泊して翌朝王都へ転移する予定になった。

「ど田舎だよな！　だからエリの母ちゃんが療養に来たんだしさ！」

「まあね。最近はだいぶ体調よくなってるみたいだよ！」

なんだか遠い昔のことみたいだけど、タクトとエリちゃん一家がロクサレンにやってきてから、まだそう何年も経っていない。

「そりゃあユータがいるんだもの、よくなるよね～」

ラキの胡乱《うろん》げな視線に、慌てて目を逸らした。確かに回復薬は渡したけれど、きっとよくなったのは環境のせいだよ！

『そうね、生命の魔素が多くて、ごはんが美味しいものね！』

『それって、どっちもゆーたのおかげ？　すごいね！』

モモのぬるい視線とシロのきらきらした視線が痛い。それだけじゃないよ！　カロルス様たちが作り上げた信頼できる関係だとか、Ａランクが守る安全安心な生活だとか！

『スオーは、好き』

振り返った蘇芳の大きな耳がはたはたたなびいた。小さな頭をちょっと撫で、少し意外に思う。

「蘇芳は触られたくないから、あんまり好きじゃないかと思ってたよ」

マリーさんとエリーシャ様がかわいいもの好きだからねえ。無理に触ったりはしないけれど、落ち着かないんじゃないかと思っていた。

『嫌なら、ゆーたの中に戻る』

きょと、と首を傾げ、大きな紫の瞳がじっと見つめた。そうか、確かに。それに、蘇芳はカロルス様や執事さんがお気に入りだったね。

徐々に見慣れた景色が広がり始め、オレの口角も自然と上がる。２人を我が家に案内なんて初めてだ。気持ちがそわそわとくすぐったくて落ち着かない。

何を見せようかな。どこに案内しようかな。２人は、何が気に入るだろう。

ちらりと振り返ったシロが、にこっと笑った。

『ぼく、速く走るね！　もうすぐ着くからね！』

ぐん、と速度を上げたシロ車に足をすくわれ、オレは左右から伸びた手にしっかりと支えてもらったのだった。

「――ユータ様、おかえりなさいませ。タクト様、ラキ様、ようこそいらっしゃいました」

メイドさんらしい優雅な仕草《しぐさ》に、２人がドギマギしている。だけど促されるままに扉を通り抜けた瞬間、勢いよくマリーさんが振り返った。『どうですか!?　完璧でしょう？　褒《ほ》めていただけますよね!?』そのきらっきらした瞳が声なき大声でオレに詰め寄った気がする。それがなければ、完璧だったと思うんだけど。

苦笑してこくりと頷くと、マリーさんはぱあっと笑顔を咲かせた。ひとまず、帰宅した途端に雄叫《おたけ》びを上げて駆け寄るメイドさんではなかったからヨシだ。

オレはもちろん、事前に根回しをしておいた。だって、みんな普通じゃないんだから。

それに……。

「おう、おかえり！」

にっと笑ったいつもの顔で、大きな手がわしわしとオレを撫でた。うずうずする体を宥め、きりっと居住《いず》まいを正す。

「はい！　ただいま戻りました！」

「んっ……!!　か、変わりはなさそうだな。えー、部屋はユータの隣に用意させているぞ」

バッと明後日《あさって》の方向を向いたカロルス様に、思わず頬を膨らませる。ちゃんとして！　そんなに震えちゃだめ!!

「はい！　お気遣《きづか》いありがとうございます！」

今度は後ろから吹き出す声が聞こえた。振り返ると、ラキが素早く目を逸らせた。

「ユータ、今日はなんでそんな言葉遣いなんだ？　変じゃねえ？」

不思議そうなタクトに、上品に微笑んでみせる。

「貴族のお家だからね、普段はこうなんだよ」

2人が滞在している期間くらい、誤魔化せるだろう。澄まして言ったオレは、タクトの台詞にぴしりと止まった。

「嘘つけ！　お前、王都で普通にしゃべってたじゃねえか！」

「ゆ、ユータ、僕たち割と長い間王都で一緒に過ごしていたからね～」

……そうでした。お家に来てもらうのは初めてだから、つい……。

「はっはは！　あー腹が痛え。そうなるだろうよ！」

もう我慢《がまん》しなくなったカロルス様が大爆笑している。分かってたなら、言ってくれてもよかったのに！　むくれたオレをひょいと抱き上げ、領主様は自ら2人を案内し始めた。

「……抱っこしちゃダメって言ったのに」

「だから、もういいだろ？　バレてんだから」

ぎゅうっと込められた力に、硬い胸板に押しつけられた頭が平べったくなってしまいそう。

揺れる髪がオレの額《ひたい》を掠《かす》め、大きな一歩で歩くたび、ことん、ことんと振動が伝わってくる。

しょうがないな、だってもうバレてるんだから。オレはカロルス様にも2人にも見えないように、えへっと頬を緩《ゆる》めたのだった。

「おー、ここがユータの部屋かぁ。貴族って感じ……はあんまりしねえな。広いけど」

「そもそも部屋があるってことが貴族って感じじゃない～？」

まずは、とオレの部屋を覗《のぞ》き込んだ2人が、興味津々に室内をウロウロしている。ロクサレン家の館は大きくて広いけれど、装飾の類《たぐ》いがほとんどないので貴族っぽさはないよね。オレの部屋なんて物自体もほとんどないし、見ても面白いものはない。

「何もねえな！　ユータは見られちゃマズいもの、部屋に隠す必要ねえもんな」

「うん、収納に入れた方が便利だからね！　タクトは見られちゃマズいものってあるの？」

何気なく聞いたひと言に、タクトがギクリと肩を跳ねさせた。

「え、い、いや、ねえよ、何も！　今はさ、ほら、お前らと同じ部屋だし!?」

あからさまに怪《あや》しい言動に、ラキとオレの視線が注がれる。タクトのマズイものってなんだろう。生命の魔石や生命魔法飽和水《ほうわすい》だとか、呪いグッズや呪晶石なんかじゃないだろうし。

「……タクト、早くない～？　ユータがいるんだよ～？」

「わ、分かって……いや！　違うんだ！　前の部屋で先輩が！　俺じゃねえんだ!!」

大汗掻《おおあせか》いて言い訳するタクトが不審《ふしん》だ。よし、今度タクトの荷物をこっそり……。にやりとしたオレに気がついたらしい。タクトがぎゅっとオレの両ほっぺを引っ張った。

「お前……俺の荷物に手を出してみろ、毎日早朝に俺スペシャルで起こすからな……？」

「ふぁい」

低い声と座った目に、薄ら寒いものを感じ、オレは慌てて頷いたのだった。

「広いのっていいな～。大型の加工ができそう～。これで炉《ろ》があれば最高なのに～」

炉があったら普通の家とは言わないんじゃないかな。少なくとも貴族の家にはないと思う。

「庭がすげーよ！　いいな、こんだけ広いと思いっきり特訓できるな！　しかも兵士もいるんだろ？　一緒に訓練できるじゃねえか！」

「うん！　お庭で訓練したりもするんだよ」

だけど、タクトはもう随分強くなったから、兵士さんとの訓練はやめた方がいいんじゃないかな。新人兵士さんの心を折ってしまいそうだ。

「ピィ？」

「うわぁ～⁉」

窓から聞こえたかわいらしい声に、何気なく振り向いたラキが大げさにのけ反った。

オレは慌てて駆けよって、ふわふわの長い体を抱きしめる。撃たれちゃ大変だもの。

「プリメラ、久しぶりだね！　これはラキとタクトだよ。オレの友達なの」

するする撫でれば、桃色の産毛《うぶげ》のような短毛が手に優しい感触を伝えてくれる。色合い的にもモモと似ているけど、モモより皮下のしっかりしなやかな筋肉を感じる。大きな頭がすり、と嬉しげに頬にすり寄ると、短く滑《なめ》らかな角が当たった。

「わ、わ～。僕、初めて見たよ～！　妖精蛇《フェアリールー》ってこんなに大きいんだ～」

「俺は王都で水色のやつを見たことあるけど、こんな大きいのは見なかったな！」

妖精蛇は貴族に人気があるらしいけど、大きくなると捨てられちゃったりするらしいから……。プリメラもそうやってカロルス様に拾われたんだもの。

「大人しいって言うけど、本当に～？　これだけ大きいとちょっと怖いね～」

オレだって最初はものすごくビックリしたもの、初めてだとそうなるよね。

「本当に大人しいし、優しくて賢いよ！　こっちに泊まってると朝はプリメラが起こしてくれるんだ！　プリメラ、ラキが触っても大丈夫？」

「お前……蛇にまで起こされてんのか……」

タクトの台詞は聞こえなかったことにして、ぺたんと床にお尻をつけて座り込んだ。ピィ、と鳴いたプリメラも大人しくオレの膝に頭を載せている。さあ、どうぞの体勢だ。

「い、いいのかな～。じゃあ、ちょっと失礼～」

恐る恐る伸ばされた手が、プリメラの長い体を滑っていく。ふさふさしたしっぽの先端が、ご機嫌に揺れている。プリメラお姉さん（？）は子どもが好きみたいだから、オレ以外が家に来てくれたのが嬉しいらしい。

「柔らかい～。蛇なのに、あったかいんだね～。本当に大人しいや～」

だんだん慣れてきたラキが、そうっと頬を寄せてうっとりしている。しようのない子ね、なんて言いそうなプリメラも、満更でもなさそうだ。

「なあ、俺兵士の訓練見てきていいか？　魔法剣の練習してもいいとこってある？　メイメイ様に会うまでに、ちょっとでも実力伸ばしたいぜ！」

「僕、もうちょっとプリメラと一緒にいてもいい～？」

王都への気持ちが逸るタクトと、まったりするラキ。両極端な2人にくすっと笑った。

「訓練はどうかな～？　カロルス様に聞いて……あ、ちょっと待っててね」

兵士さんたちと訓練するより、もっといい方法があるじゃない。オレは言い置いて部屋を飛び出していった。

「ねえ！　カロルス様と訓練してもいい？」

「いいぞ！」

執務室の扉を開けるや否《いな》や言い放つと、間髪《かんぱつ》入れずに返事があった。あまつさえいそいそと立ち上がろうとしたその肩に、筋張った手が置かれる。

「よくありませんね？　まだ終わっていませんよね？」

冷たいオーラが漂って、立ち上がりかけたカロルス様が椅子に縫《ぬ》いつけられる。どうやらお仕事の目処《めど》がついていないようだ。いつものことだけれど。

「ユータ様、セデス様を誘ってはどうでしょう？」

にっこり優しい顔で微笑んだ執事さんに、なるほどと頷いた。

「そっか！　じゃあ、行ってくる！　お仕事頑張ってね！」

縋《すが》るようなブルーの瞳と視線を合わせないようにして、オレは素早く執務室を飛び出した。

「へえ、タクト君はすごい力だね。だけど、剣を振る時にそんなに力を入れたら――ほら、隙になっちゃうし、下手したら剣が折られるよ？」

欠片《かけら》の遠慮もなく木剣《ぼっけん》で切りかかったタクトが、見事に受け流されてたたらを踏んだ。

ほら、やっぱり兵士さんと訓練しなくてよかった。タクトはある意味相手を信じて思い切りぶつかっていくから。救護班が必要になるところだった。

「すげー！　セデス様は身体強化してねえのに、俺勝てねえ！」

涼《すず》しい王子様フェイスに、タクトが尊敬の眼差しを向ける。セデス兄さんだってオレの見立てではAランク相当だもの、戦闘においては頼りになるんだよ。戦闘ではね。

「ふふっ、さすがにまだ負けられないよ？　だけど、タクトくんは僕とやるよりマリーさんに教えてもらった方がよくない？　身体強化が得意なんだよね？」

「え？　マリーさん⁇　あ、そっか、あの人すげー力だったもんな！」

タクトが不思議そうな顔をしている。タクトはマリーさんと一緒に遊びに行ったことがあるので、普通のメイドさんじゃないことは重々承知しているけど、どこまでできるのかは知らないから。なるほど、身体強化のエキスパートだもの、こんなにいい先生はいないだろう。

「そっか。じゃあ……マリーさーん」

どこへともなく呼びかけたオレに、タクトが訝しげな顔をした――直後。

「お呼びになりましたか⁉　このマリーを‼」

ズザァ！　と滑り込んできたメイドさんにビクッと飛び上がった。ごめんね、王都でちょっと慣れてるかなと思ったんだけど。

「あのね、タクトは身体強化が得意だから、マリーさんに指導してもらえたらなと思って」

「うふふっ！　喜んで！　ユータ様の大事なパーティメンバーなのでしょう？　それなら問題ありません。惜しみなくお教え致しましょう」

たおやかに微笑んだマリーさんに、タクトが少々頬を赤らめてもじもじした。

「えーと、お姉さんと特訓って、大丈夫なのか……？」

「まぁ……ユータ様の幼げで清廉《せいれん》な美しさは言うまでもなく、健康優良児のしなやかで伸び伸びした肢体《したい》もまた格別なもの。ああ、この若木のような姿、あどけなさの残る少年と青年の狭間《はざま》が見せるこの純粋な表情！　少年ゆえのこの無垢《むく》な生命の輝き……これを美しいと言わずしてなんと言いましょう！　ああ、愛おしき幼い生命！　ウチの猫は当然最高ですが、よその猫もかわいい心理とはこのこと！」

……ダメモードのマリーさんになってしまった。何かしらのスイッチが入ってしまったみたい。ほんのりと後ずさるタクトが、必死に目で異常を訴えてくる。

オレはぐっと親指を立ててにっこり笑った。大丈夫、これがマリーさんの正常だから！

「ふんふ～ん」

鼻歌と共に、チャッチャチャッチャッ、と卵を混ぜる軽快な音が響く。タクト、頑張ってるかな。

相手はマリーさんだから、ラピス部隊との訓練みたいに命がけってことはないだろうけど。

だって、身体強化の訓練ならオレができることはない。すごすご……いや、オレはオレでやりたいことがあるから！　いそいそと館へ引き返してきた。

ほら、王都に行くんだもの。色々と準備がいるでしょう。

「お前、王都で店でもやんのか……？」

「作り置きしてるだけだよ！　手土産《てみやげ》もいるし」

呆れた視線は寄越すけれど、その太い手は淀《よど》みなく作業を続けている。手土産だけでも結構な量がいるし、さらに滞在中はあまり作れないことを思えば、今たくさん作っておかないと。

そう、こうして厨房を使ってジフたちに手伝ってもらえる絶好の機会にね！

「そろそろ夕食の支度《したく》だ、これが最後な。で、お前、もちろん……分かってんだろうな？」

低く凄《すご》む声に、こくりと頷いた。

「もちろん手伝うよ！　タクトがお腹を空かせてると思うから、お肉がいいな！」

「ほう、あいつはよく食いそうだな。カロルス様と同じニオイがする」

よく分かったね！　多分同じ人種だと思うよ。ただカロルス様と違って、タクトは野菜もしっかり食べるけどね。

用意するお肉の量について思案し出したジフをよそに、重いオーブンの扉を閉める。ちょうどその時、ひょこ、と顔を覗かせたプリメラがするすると厨房へ入り込んできた。

「わあ、いい香り～」

プリメラを追うようにラキも顔を覗かせる。部屋で加工しつつプリメラと遊んでいたけれど、さすがに飽きた頃だろうか。

「プリメラ、珍しいね！　どうしたの？」

プリメラは基本果物《くだもの》を食べるので、匂いに惹《ひ》かれて厨房にやってくることはない。それに、怒号《どごう》飛び交うゴツくて怖い顔の男が蠢《うごめ》く戦場（厨房）を苦手としているみたい。

「ユータはどこにいるのかな～って聞いたら、案内してくれたんだよ～」

ラキは、お利口《りこう》～と破顔して大きな頭を撫でた。この短時間に随分と仲良くなったらしい。ありがとう、とオレも長い首を抱きしめれば、ちょうど抱き枕のようにすっぽりとフィットする。今夜は久々にプリメラを抱っこして眠れるだろうか。

と、外からドオンと大きな音がして、ふわふわの体がビクリと顔を上げた。大丈夫だよ、この館は最高に安全な場所だから。

「えっ？　タクトの訓練って、そんな激しくやってるの〜？」

突然の音に一瞬首をすくめ、ラキが訝しげな顔をする。やってるかもしれないけど、マリーさんがいるからこんな騒ぎにはならないはずなん――。

『待ってマリーちゃん！　それ誰⁉　さすがに違うよね⁉』

……賑やかな声が耳に届いて、ああ、と頷いた。

「お客さんが来たみたい。ラキも見に行く？　珍しい魔法とAランクの戦闘が見られるかも」

「……お客さんじゃなかったの〜？」

『招かれざる客』って言うしね。客は客なんじゃない？　オレは久々に会えて嬉しいけども。

「待って待ってマリーちゃん！　お土産があるんだぜ！」

「不要‼」

「おわぁっ！　ち、違うって！　ほら、あのチビだって喜ぶだろっ？　かわい〜お菓子なんだけどな〜？　こんな攻撃受けてたらかわいいお菓子が潰れちゃったり……？」

ラキを連れて庭に出ると、激しく戦闘を繰り広げているのは案の定アッゼさん。懲《こ》りない人だなぁと思うけれど、最近は作戦を立てて来ているらしい。かわいいお菓子を使うとは……なかなか賢いと思う。一瞬ぴたっと止まったマリーさんが、再び肉迫して蹴《け》りを放った。

「嘘を言いなさい！　あなた収納を使えるでしょう！　潰れるはずがありません！」

鋭く睨む視線に、アッゼさんがぱあっと顔を輝かせた。

「えっ……マリーちゃん、俺が収納魔法使えるの知ってくれてたんだ……。ちゃんと俺に興味を持ってくれて——ちょっ⁉　どっちにしろ、俺が死んだら取り出せなくなるけどぉ⁉」

……不憫《ふびん》。そんな些細《ささい》なことで喜ぶアッゼさんに、この二文字しか浮かばない。

レベルの違う戦闘に表情を固くしていたラキが、無言でオレを見つめる。そんな目をしたって、知らないよ！　これはオレのせいじゃないもの。ああいう人たちなんだよ。

「なあ、すげーんだけど！　あれ誰なんだ？　魔族だよな？　知り合い？」

汗みずくになっているタクトが、きらきらした瞳でやってきた。

「そうです！　悪い魔族なので全力でヤッてしまっていいですよ！　悪い魔族、タクト様を傷つけたら容赦致しません。あと館と庭と草木その他諸々《もろもろ》を傷つけても同じく」

「手厳しいッ⁉」

さあ、どうぞ！　とにっこり促され、タクトが『いいの？』と言わんばかりにオレに振り向いた。いいんじゃない？　アッゼさん強いし。

「やった！　じゃあ、行くぜっ！　お願いしまーす‼」

「えっ？　ちょっと、なんでちびっ子まで頷いてんの⁉　お前ストッパーだろ⁉」

嬉々《きき》として地面を蹴ったタクトを避け、アッゼさんが裏切られたと言わんばかりの視線を寄越した。

『あなたがストッパー役になるわけないじゃない、ねえ？』

『主はいつも燃料投下役だよな！』

同意を求めないで欲しい。左右からオレの頬をつつくモモとチュー助にムッとしたところで、ラキがオレを見つめてにっこりした。

「ユータにブレーキはないもんね～？」

……なんて気の合う3人なんだ。聞こえていなかったはずの会話に参加するラキに、その通りと肩の2人が喝采《かっさい》を送る。

――ブレーキはいらないの、何事も全力でするのがいいの！　フウゥルスウィングなの!!

群青《ぐんじょう》のつぶらな瞳を煌《きら》めかせ、ラピスがくるりと回った。大切な心意気だけども、ラピスは何事もせめてセミスイングぐらいにして欲しい。

「うおっ？　魔法剣使うとか聞いてねえっ！　あ、待って雑草が散るっ！」

時折マリーさんも加わって、どうやらタクトに指導しているみたい。ちょうどよかった、とてもいい訓練になるだろう。

「ラキ様、ご一緒にどうぞ！　遠慮なく狙《ねら》って構いませんよ！　タクト様にだけは当たらないようお気をつけ下さいね」

「マリーちゃぁん⁉」

どうやらラキも一緒に訓練できるようだ。オレはまた今度でもいいから、頑張るアッゼさんのためにジフに声をかけてこようかな。きっと、お腹が空くだろうから。

「じゃ、頑張ってね～！」

オレはにっこり笑って手を振ると、悲痛な声が響く庭をあとにしたのだった。


「うっまぁぁー‼　俺、俺……生きててよかったぁあ‼」

なんだかすごく実感のこもった声を上げ、アッゼさんは感涙《かんるい》せんばかりにお料理を頬ばっている。少々服が哀《あわ》れな状態になっているけど、ちゃんと回復魔法をかけたから大丈夫。

「てめえ、もうちょっと遠慮しやがれ！　俺の肉！」

ここでも戦闘が始まっている。煌めくナイフとフォークの応酬《おうしゅう》に、いつ物理的に雷《かみなり》が落ちるかとヒヤヒヤして執事さんを盗み見た。あるいはかかと落としかもしれないし、いずれにせよ食卓に被害が及びそうだから……！

「い、いっぱいあるから落ち着いて食べて！　ほら、アッゼさんこっちも美味しいんだよ！カロルス様はお肉ばっかり食べないの！」

こうして見るとタクトやラキは十分落ち着いていると思える。貴族にあるまじき賑やかな食卓も、以前王都で一緒だったから慣れたものだ。

やがてみんなのお腹が満足し出した頃、隣でカチャンと音がして視線をやった。

「んん？　タクト、眠い？」

「……おぅ」

持っていたフォークが落ちたのにも気付かず、ぐらぐら揺れていた頭がハッとオレを見た。もやのかかったような眼差しに、つい吹き出しそうになる。体力があるだけに、こんなタクトは珍しい。よっぽど全力で訓練したんだろうな。

「もう寝る？　行こっか」

こくっと頷いた頭が、そのまま下がってしまいそう。手を引けば素直に立ってついてくる様子に、手のかかる弟みたいでにまにましてしまう。

なんとか部屋まで手を引いて戻ってくると、セデス兄さんがくすくす笑って指さした。

「あっ？　ラキまで！」

完全にほっぺをテーブルにつけて、すうすうと寝息が聞こえる。どうやらタクトが寝たのを見て、ラキのスイッチまで切れてしまったみたい。

腰に手を当て、もう！　とやったところでカロルス様たちが盛大に笑った。

「みんな、まだ子どもだからね！　仕方ないんだよ」

笑っちゃダメだよと見回せば、その笑い声はさらに大きくなったのだった。


とても胸苦《むなぐる》しくて、体が重い。段々と呼吸も苦しくなってきた。まさか、これがいわゆる金縛《かなしば》りとかいう……やつではないよね。

「……おはよう。プリメラ」

のすっと体を載せていた桃色のふわふわ蛇さんが、やっと起きたと言わんばかりに首をもたげた。ぐいぐいと潜り込まれ、背中を押されるままに上体を起こす。

『プリメラは優秀ね！　この子も召喚獣として連れていけたらいいのに』

オレの目覚まし専用要員として？　だってモモアタックは割と心地いいからなかなか起きられないんだよ。プリメラの上で飛び跳ねるモモは、似たような色も相まって体の一部みたいだ。

オレは閉じようとするまぶたをなんとかこじ開け伸びをする。うむ、穏やかな目覚めだ。

「あれ？　そういえばタクトが来ないね」

朝の光が差し込むこの時間、普段ならタクトが起こしに来そうなものなのに。

「あ、ユータおはよう〜！　珍しいね、今から起こしに行こうかと思ってたよ〜」

そっと隣の部屋の扉を開くと、ラキが身支度《みじたく》を整えているところだった。

「ちゃんと起きたよ！　タクトは？」

「あそこ～」

くいっと示された窓から覗くと、朝から激しい戦闘が繰り広げられていた。

「昨日、あの魔族の人とマリーさんと約束してたみたい～」

タクトがお願いしたなら、マリーさんも了承するしかなかったんだろう。アッゼさん、マリーさんに会えるなら喜んで来ただろうし。だけど、また回復魔法が必要だろうか。

「ラキはよかったの？」

「僕はもういいよ～。タクトみたいに動いてないのに、体がギシギシしてるんだから～」

苦笑したラキが、億劫《おっくう》そうに再びベッドに横になった。

「今日王都に行くつもりだったけど、あの調子で行けるのかな？　オレたちだけ先に行く？」

「僕は急がないよ、買い物できればそれでいいしね～。タクトは依頼を受けたかったんだろうから、どうせ明日の朝早くじゃないと無理だし、いいんじゃない～？」

メイメイ様との特訓は、いきなり行っても都合があるだろう。だったらオレが先に行ってお話ししておいた方がスムーズかもしれない。

「じゃあ、先に行って色々済ませてくるね！　カロルス様に伝えておいて。オレに何か用事があったら、カロルス様のところにいるアリスに言ってね」

オレだけで行かなきゃいけないところもあるから、先に行けるならとっても助かる。じゃあね、と手を振り、善は急げと王都へと転移した。

「……転移魔法陣は～？」

残されたラキの呆れた呟《つぶや》きに、プリメラはやれやれとため息を吐いたのだった。

「……あ、ちゃんときれいになってる！」

覚悟して止めていた息を吐くと、薄暗い倉庫の中を見回した。あれほどうず高く積もっていた埃《ほこり》がなくなって、真新しいテーブルに書き置きと鍵《かぎ》が置いてあった。

『ダミーの鍵。これを使用人に見せれば門を出入りできる。鍵で門は開かないので盗《と》られても心配はいらない』

なるほど、通行証みたいなものか。確かに鍵の形をしているなら、まず開けようとするだろう。その時点で招かれざる客決定ってことか。……鍵で発動するトラップとか、ないよね!?

そっと扉を押すと、ここは鍵が掛かっていないみたい。どうやら王都も快晴、眩《まぶ》しい日差しに目を細めて空を見上げた。

さて、まずはどこへ行こうかな。バルケリオス様に挨拶《あいさつ》をと思ったけれど、館に気配がないのでお城だろうか。門のところで鍵を見せたら、もの凄く驚かれたけど話は通っていたらしい。

ちゃんと出してもらうことができた。

「これ、バルケリオス様にどうぞ！　こっちはメイメイ様に」

甘いものが好きなバルケリオス様にはプリン、甘いものはさほど好きじゃないメイメイ様にはチーズと黒胡椒《こしょう》のおつまみクッキーにした。おつまみクッキーはガリガリと固めの食感もほどよい自信作だ。今夜カロルス様にも渡してあげようかな。

「さて、どこから行こうかな！　昼間ならガウロ様はお仕事だろうし、その間にミーナのところへ行こうかな？」

ガウロ様が館にいると、オレが捕まっちゃうかもしれないから。だけど昼間だと、ミーナに会えても騎士様と一緒に働いてるミックには会えないだろうしなあ。

涼やかな風が前髪を揺らし、整然とした白の街並みを通り過ぎていく。いずれにせよまだ朝早いから、ひとまずはお買い物かな！

ひとつ頷き、意気揚々《いきようよう》と黄の街へ向かおうとした時、ごうっと風が渦《うず》を巻いた。

「え、わあっ!?」

突如荒れ狂う風に、ぎゅっと縮こまって目を閉じる。むんずと腕を掴《つか》まれたと思った瞬間、風が止んだ。柔らかく鼻先をくすぐるのは、花の香りだろうか。

『来たね、おかえりー』『ヒトの子、久しぶり。おかえりー』

近づいては離れる不思議な声がさんざめき、もう大丈夫だろうとまぶたを上げた。

途端に飛び込んでくる様々な色彩に、ほうっと感動のため息を零《こぼ》して傍らを見上げた。

「いつ来てもお花が咲いてるんだね。とってもきれい！」

痛いほどに腕を掴んだまま、彼はそっぽを向いて答えない。

「ちゃんと、来る予定だったよ？　久しぶりだね、シャラ！」

こんな人攫《さら》いまがいのことをしなくたって、お土産も持ってきているんだから。

「……遅い」

大いに口をひん曲げた顔が、ようやくこちらを向いた。

「ごめんね、そんなに待っていてくれたんだ」

「待っていた」

当然のように返ってくる言葉に、ありがとうと笑う。大丈夫だよ、忘れたりしないから。

『待ってた！　やっと来たねー。シャラスフィード、嬉しいね』

『シャラスフィード、よかったね』

くるくると舞い上がった花びらが、オレたちを包んで舞った。うるさい、と不機嫌なシャラに、風の精霊たちがきゃあきゃあ言って離れていく。

フン、と鼻を鳴らして勢いよく腰を下ろすもんだから、オレも勢いよく引かれて花畑に腰を下ろした。相変わらず乱暴な扱いにじろりと睨み上げてみたけれど、全く堪《こた》えた様子もない。涼やかな瞳にまじまじと観察され小首を傾げた時、不思議そうに口が開かれた。

「お前、小さいままだな」

「あ、当たり前だよ！　そんなに時間経ってないから！」

「いいや、経った」

経ってない!!　シャラと別れてから、まだひと月くらいだ。植物じゃないんだから、そんなにぐんぐん伸びないんだよ！

思い切りむくれてから、ふと視線を和《やわ》らげた。

「……そんなに経ったと思ったんだ」

シャラにとって、オレたちはあっという間に大きくなる存在なんだろうか。

「経っただろう」

そして、あっという間にいなくなる。

「ううん、まだ大丈夫だよ。ほら、風のお祭り、毎年することになったんでしょう？」

こくりと頷く彼に、にっこり微笑んだ。

「風のお祭りを何回も、何十回もやらないとオレは大きくならないよ」

風の精霊が息づくこの王都で、ちゃんとシャラのことが受け継《つ》がれていきますように。

オレがいなくなっても、今生きている人がいなくなっても、シャラはいる。だから、ここに住む人が、王様が、シャラを覚えていられるように。お祭りは、きっとそれを叶えてくれる。

何か考える素振りをしていた彼が、にやりと笑って流し目を寄越した。

「嘘を吐け、お前くらいのヒトなら普通、5回もやれば我と同じくらいになる」

腕を掴んでいた手が離れ、呆気《あっけ》にとられたオレの頬をつまむ。

し、知ってるんじゃないかー！

「まあ、お前は大きくならないだろうが！」

ぺちっと手を払って盛大にむくれたオレに、シャラは腹を抱えて笑った。

軽やかな笑い声は、花畑と空の間に吸い込まれてきらきら響いていた。


「――お前、今日はここにいろよ」

しばらくシャラと過ごして、クッキーも食べたし……さてそろそろ、と考えたのを感じ取ったかのような台詞に、つい情けない顔をした。

「ええ〜⁉　色々用事があったんだけど」

だからこそシャラのところは最後にして、ゆっくり過ごそうと思ってたんだよ⁉

「そんなものは我に関係ない」

「シャラになくてもオレにはあるよ!?」

ツンと逸らした顔は、オレの都合など考慮してくれそうにない。だけどこのままここにいると、そのうちオレは寝てしまいそうだ。だってとても居心地がいいから。

「う～ん。そうだ、じゃあシャラも一緒に行こう？　他の人には見えないんだよね？」

ポンと手を打って見上げると、シャラが目をぱちくりとさせて首を傾げた。

力の戻った今なら、王都の中を自由に散歩くらいできるはず。もちろん外にも行けるけれど、シャラは王都を守る約束があるから、きっと行かないだろう。

「お前と……？」

「そう。シャラもただ眺《なが》めているより、楽しいでしょう？　一緒に行こう！」

「…………」

……わあ。オレは、少し目を見開いた。

まるで大輪の花が咲くように零れた、満面の笑み。いつもツンと澄ました顔が、こんなにも鮮《あざ》やかに笑うのか。釣られてふわっと微笑み、手を差し出した。

「じゃあ、行こっか！」

オレが転移しようと思ったけれど、手を繋いだ途端、シャラの魔法が発動するのを感じる。

「あ、シャラ、オレは見られちゃうんだから、人気《ひとけ》のない場所に転移してね！」

「分かっている」

本当？　今気付いたみたいな顔しなかっただろうか。ひとまず彼の転移に身を任せると、唐突に足下がスカッと抜けて重力に引っ張られた。

「うわわわっ!?　何ここ!?」

「樹《き》」

そっか、なるほどね！　確かに人目にはつかないかもしれないけど!!　だけどせめて足下に枝のある場所を選んで欲しかったな！　慌てるオレを、シャラが片手でぶら下げている。

……精霊さんって結構力持ちなんだ。早鐘《はやがね》を打つ心臓を宥め、じろりと睨み上げた。

「シャラは飛べるけど、オレは飛べないんだよ」

「知っている。だから支えている」

何か文句が？　とでも言いたそうな眼差しに、ありがとうと零してため息を吐いた。

「それで、どこへ行く？」

「まずは騎士様のところかな？　今ならまだミックがいると思うから」

なんとか樹から下ろしてもらうと、そわそわするシャラに笑った。

「城内か……」

途端にふわりと風が渦巻き、思わず目を瞑《つむ》った。

「あれ？　シャラどうしたの？」

再び目を開けた時、目の前にはシャラでなく、大きな鳥がいた。

「城内なら、我を見ることのできる者もいよう。力を抑えておく。この姿なら問題あるまい」

姿は猛禽《もうきん》だけれど、青のような緑のような、シャラの色だ。そして全長70センチはあるだろうか。猛禽の中では普通かもしれないけれど、オレからすると結構な大きさだ。

「鳥さんだと見られにくいんだ。だけど、室内を飛んでたら目立たないの？」

見えなかったとしてもバサバサ音がしたり風が吹いたりしないんだろうか。

「飛ぶ必要はない」

一瞬体勢を低くしたシャラが、大きな翼《つばさ》を広げて飛び上がって——そして、オレの上に着地する。どうやらオレを乗り物にするつもりらしい。爪は気をつけてくれているし、不思議なほどに重さを感じないから、まあそれは構わないけれど。

「だけど……肩じゃダメなの？」

身長の半分以上あるでっかい猛禽が頭上にいるのは……ね？　見えないんだろうけどさ！

「そんな狭い場所に乗れるか」

フン、と鳥に鼻で笑われた。いや、割と股下《またした》もあるしオレの頭を跨《また》いで両肩に乗れば……！

『あなたは本当にそれでいいの……？』

『俺様、それはどっちにとってもカッコ悪いと思う』

モモとチュー助にまで反対され、オレは少々むくれつつ訓練場へと向かったのだった。


「おお、ミーナんとこのちびっ子！　久しぶりじゃねえか、どうしてたんだ？」

使用人出入り口から顔を覗かせると、どうやらオレのことを覚えてくれていたみたいだ。お菓子《賄賂》を渡すと、特に止められることもなく訓練施設までやってきた。

いつもの部屋に顔を出したけれど、ミックもローレイ様もいない。大柄な騎士様たちが行き交う中、潰されないようちょこちょこすり抜け、持参したクッキーのカゴをテーブルに載せた。

室内に充満する汗やら油やら皮やら土やら――さすがに血の臭《にお》いはしないけれど、朝のギルドに近い臭気《しゅうき》の中、微《かす》かに甘い香りが漂った気がする。

「お、おお？　いつも美味いもの持ってきてくれるちびっ子！　ってことは……!?」

「ミックさんの天使だ！　っつうことは……!!」

まるで今気付いたようにオレに視線が集中して、次いで手元のカゴに移る。変な呼称があった気がするけど、ぎらついた視線に身の危険を感じ、ひとまずその場を飛び退《の》いた。

「「「差し入れだ！」」」

どうぞ、と言うや否や文字通りドッと音を立てて騎士様たちがクッキーのカゴに殺到する。

もはや、ありがとうと言っているのか、美味いと言っているのかサッパリだ。

その手が次々クッキーを掴んでいく、その時。にわかに室内を激しい突風が吹き荒れた。

「な、なんだっ？」

「きょ、今日は風が強いね！　あの、じゃあオレ行くね!!」

彼らが一瞬の出来事に目を瞬かせているうちに、オレは慌てて部屋を飛び出した。

「……シャラ～？」

頭上にぽんぽんと手をやると、ひんやりした翼が触れる。きっとそっぽを向いているのだろうなと思いつつ、メッとやった。

「どうして騎士様にいたずらするの！　バレちゃうし、オレが怒られるよ！」

「我に渡したクッキーより多いなど、恐れ多いことだと思わないか」

も～、ミックにしてもシャラにしても、食べ物への執着の強いこと。

「人数で割ってみてよ！　全然多くないよ。あの量なら１人２、３枚あればいい方だよ？　シャラには１箱渡したでしょう」

「そうか」

そうかじゃないよ！　不思議だなぁくらいで済めばいいけれど。少々むくれて大股で歩けば、頭上の鳥がゆらゆら揺れる。実体があるんだかないんだか、不思議な感じだ。

「お前ー、なんで走るー！」

「ついてこないでくれます⁉　あなたは歩けばいいでしょう！　私は今走りたいんです！」

さて施設を出ようとしたところで、前方から賑やかな声がみるみる近づいてくる。覚えのある声に、ちょうどよかったと笑みを浮かべた。

「――‼　やっぱりだ！　ユータ、いつ戻ったんだ⁉　声が聞こえて……」

「はぁー⁉　聞こえるわけないだろっ！　お前一体どれだけ離れてたと思っ――」

「ローレイ様はさっさと装備を外してきてくれます⁉　ほら、きっとあっちにユータのお菓子がありますよ！」

それを聞くなり飛んでいったローレイ様を見送り、ミックは相好《そうごう》を崩してしゃがみ込んだ。

「ああ、久しぶりのユータだ。会えて嬉しいよ」

「久しぶり……かな？　今からミーナのところへ行こうと思ってたんだよ。ちょうどよかった、これミックに！　お仕事おつかれさま！」

にこっと微笑んで小袋を手渡すと、きりりとした顔がにへら、と歪《ゆが》んだ。なんだかミック、マリーさんに似てきた気がする。

と、肩でじっとしていたシャラがふいに動いた。

「あいたーっ⁉」

「ちょっ⁉　シャラ⁉」

突如ミックの頭に太いくちばしを振り下ろした猛禽は、ぎりぎりと髪の毛を引っ張っている。

「ごごごめんなさい！　えーっとあの、その、うちのネズミが‼」

『おおお俺様ぁーー⁉』

シャラを抱きかかえて引き離し、オレはまたもや逃げるようにその場をあとにした。

「シャーラーー⁉」

散々走って城を出たところで、荒い息を吐いて抱えたシャラを睨みつけた。

「気に食わなかった」

フンと顎《あご》……ならぬくちばしを上げるシャラに脱力する。そんな、王都を守る大精霊様が適当な理由で一市民を攻撃しないで欲しい。

「もう、いたずらするなら一緒に行けないよ！」

「誰がいたずらだ。正当なことだ。お前が我の気に食わないところばかり行くからだ」

どこが正当⁉　だけどまあ、シャラが行って楽しいところではなかったろう。

人の姿に戻ったシャラを見上げ、じゃあ何が気に入るんだと頭を悩ませた。仕方ない、ミーナのところへちらっと顔を出したら、街でお買い物でもしようか。何か気に入るものがあるかもしれないし。

そうだ、シャラは屋台の食べ物なんて食べたことないだろう。一緒に買って帰って、花畑で食べるなんてどうだろう。きっとあれもこれもと、全部の屋台に目移りするだろうな。お肉を焼いているところなんて、釘付《くぎづ》けになってその場を動かなくなるに違いない。

オレは、ありありと目に浮かぶ光景に笑みを浮かべ、素晴らしい思いつきを口にした。

「……街歩きをして、食べ物を買って、２人で食べる」

なぜか復唱したシャラは、また思い切り口角を上げて笑うのだった。

4章　タクトとエビビ

散々シャラに引っ張り回されて、オレはすっかりクタクタになってしまった。屋台巡《めぐ》りは相当に楽しかったらしく、食べきれないほどの量を買い込んで、お腹もいっぱい。ご機嫌も上々だったおかげで、スムーズに帰ってはこられたのだけれど。

「ただいまぁー……」

「いってぇ！」

部屋に転移すると同時にベッドへ倒れ込んだはずが、そこは受け止めてくれるはずの柔らかなお布団ではなかった。

「いったぁ……なんでタクトがオレのベッドにいるの！」

全く、痛いのはオレの方だよ！　タクトの硬い体にぶち当たって涙目《なみだめ》だ。

「おかえり～！　遅かったね～」

「うん、あちこち行って、ごはんも食べてきちゃった」

勝手に外食しちゃったから、ジフに怒られるかもしれない。

「どうして2人ともオレの部屋にいるの？　タクト、退《の》いてよ、オレも横になりたいの！」

うつ伏せて大人しいタクトに違和感を覚えつつ、重い体をぐいっと押しのけようとする。

「いでええええー!!」

「うえぇ!?」

「あ、ユータ〜、タクトは――」

突如濁《にご》った悲鳴が上がってオレまで変な声を上げてしまった。タクトは軋《きし》んだカラクリ人形みたいな動きで顔だけこちらへ向け、恨《うら》みがましい目でオレを見る。

「タクトは、見ての通りなんだよ〜。もう全然ダメ〜！　明日も王都には行けないかもね〜」

「ラキ、言うのがおっせえ！　いいかユータ、今の俺に触れるな――よぉお!?」

……面白い。つん、とつついただけで過剰反応するタクトに、つい目を輝かせてしまう。

「特訓、やりすぎで筋肉痛なんだって〜。タクトでもこうなるんだね〜」

「そうなんだ！　タクトは筋肉痛にならないのかと思ってたよ」

身体強化の影響なのか、タクトの体は相当な負荷《ふか》に耐えられるみたいだったから……今回、マリーさんたちと一体どんなことをしていたのか、背筋が寒くなる思いだ。

動こうとしないタクトに仕方なく床に座り込むと、シロがすかさず膝へ頭を載せた。ついでとばかりに濡れタオルを取り出すと、気付いたシロがぶんぶんとしっぽを振った。

『みみそうじだ！　ぼく、みみそうじする！』

シロはなぜか耳そうじが好きだよね。召喚獣に必要なのか分からないけど、ブラッシングをするなら耳そうじをしてもいいだろう。三角のお耳を優しく拭《ぬぐ》うと、嬉しげに鼻が鳴った。

『次、スオー』

どうやら蘇芳も耳そうじをご所望《しょもう》らしい。シロが譲《ゆず》った膝に、今度は蘇芳がちょんと座る。丁寧に拭って大きな耳をもみもみすると、紫の瞳がとろりと心地よさそうだ。

「ユータぁ、蘇芳なんて放っといて俺の回復してくれよ～」

どうやらそれ目的でオレの部屋に居座っていたらしい。怒った蘇芳がタクトの上で飛び跳ね、ぎゃあぎゃあ喚《わめ》くタクトの声が賑やかだ。

「え～回復するの？」

回復魔法で筋力増強に問題があるわけではないけれど、筋肉痛程度で回復に頼るのもどうかと思う。難しい顔で腕組みしたところで、モモがふよんと揺れた。

『でもあなた、ラピスたちと訓練したあとは回復してるんじゃないかしら？』

『俺様、主は割とほいほい使ってると思うけど？』

……オレは、その、タクトみたいに頑丈《がんじょう》じゃないし……ええと。

「も、もう、仕方ないなあ。ちょっとだけね」

そうだ。オレはほら、1回大人を経験してるから色々分かってるけど、タクトはまだ人生1

回目だから。筋肉痛の経験とか大事でしょう？　だから回復するにしても、動ける程度に留めておくのがいいと思うんだ。うん。

ひとり納得して頷いていると、モモの胡乱げな視線が突き刺さった。そそくさとベッドへ乗り上げた時、ご機嫌なシロがピッと耳を立ててオレを見つめた。

『そうだ、タクトにも耳そうじしてあげたらいいよ！』

「え？　タクトも？」

「耳そうじ？　耳のそうじってなんだ？」

タクトの台詞に思わず身を引いた。もしや、今まで一度も耳そうじしたことない？

こっちの世界のヒトって耳そうじしないんだろうか。ああ、だから耳かきが売ってないのか。

オレの耳かきはジフのお手製なんだよ。そもそも、耳そうじって本来しなくてもいいって話もあるんだっけ。むしろやりすぎはよくないと聞いた気がする。

だけど、あの快感を知らずに一生を終えるなんてもったいない。

オレはにんまりと密かに口角を上げた。

「じゃあ、回復しながら耳そうじもしてあげるね？」

「え、いい！　なんか嫌だ！　回復だけしてくれ！　回復だ――いでで!!」

ジタバタしようにもできないでしょう？　タクトの頭を持ち上げ膝に載せると、怯《おび》えた視線がオレを見上げる。不安しかない眼差しに、極上の微笑みを浮かべてみせる。

「怖くないよ、とっても気持ちいいんだよ……多分。でも、動いたら危ないからじっとしてね」

でも、万が一手元が狂っても、この世界には回復魔法なんて便利なものがあるから。そもそも回復魔法を流しながらするなら、少々ガリっとやっても大丈夫かもしれない。

『耳そうじ程度では、使っていいのか？』

チャト……案外ちゃんと会話を聞いているんだな。当の本猫は、おれは耳そうじ拒否と言いたげに両耳をぺったり伏せてベッドの端に居座っているけれど。

「じゃ、やるよ？　心配しないで、回復もちゃんとするから」

「楽しそうで怖えぇ！　卑怯《ひきょう》だぞ！　可哀想じゃねえか、俺めっちゃ怖がってるぞ!!」

斬新《ざんしん》な訴えだね……。大丈夫大丈夫、怖いのは最初だけ。耳そうじの快感を知ってもらう使命に燃えるオレは、ひとまずリラックスしてもらうべく、うっすら回復魔法を流し始めた。

――耳をそうじするなら、お水を入れたらいいと思うの。ラピス、手伝ってあげるの。

ストーーップ!!　親切心を発動したラピスをすんでのところで止める。

「ありがとう。だけど、お耳に水を入れたら病気になっちゃうかも！」

そもそもラピスの場合、ジェット水流で鼓膜《こまく》まで吹っ飛ばしそうだけど。

そうなの？　と首を傾げるラピスを撫で、あとでラピスも耳そうじしようねと約束する。

きゅっと嬉しそうに鳴いたラピスが、タクトの顔に乗ってオレと同じように耳を覗き込んだ。

回復魔法で、強ばっていた体から力が抜けるのを見計《みはか》らい、まずはそうっと耳に触れる。

「うぐっ！」

ビクッとした動作で全身の筋肉が悲鳴を上げたらしい。動くと危ないよ、と再び念を押し、そうっと耳かきを進め始めた。

「ぬわぁぁ……うぇぇぇぇ……」

それ、どういう声？　タクトの口から漏れる妙な声に、ラキまで興味津々に寄ってきた。

「タクト、それ気持ちいいの～？　傍《はた》から見てると、耳に棒を突き刺してて怖いけど～」

「そんなこと言うなよ！　俺だってこ……ふぁあ～」

楽しい。これは楽しい。タクトが悶絶《もんぜつ》するのを気にも留めず、オレは熱心に耳かきを奮《ふる》った。

年季の入った耳垢《みみあか》を取るのがこんなに面白いものだとは……！　しかも魔法って素晴らしい。

小さな小さなライトで耳の中を照らすなんて芸当ができる。

「うわ、大物だ!!　ほら！」

ごそっと取れた時のこの達成感……!!　オレのツヤツヤした笑みに、ラキが若干引いている。

だって、日本ではなかなかこんなに掘りがいのある耳には出会わないんだから。オレ、この世界で耳そうじ職人になろうかな。

「はい、片方終わったよ！」

ふー、と満足して額を拭うと、タクトが無言で向きを変えた。タクトもついに陥落したようだね……耳そうじの快楽に。そしてそわそわして見守るラキも、ほどなくして誘惑に負けるだろう。この世界に耳そうじを知る人がまた1人。オレは嬉々として耳かきを奮うのだった。


「……ふぁ。おはよう、プリメラ！　今日もプリメラが起こしてくれたんだね」

無造作《むぞうさ》にまぶたを擦《こす》って、気合いの抜けた笑みを浮かべる。柔らかな丸い桃色頭を撫でると、プリメラは一声鳴いて廊下へと出ていった。今日はオレに構ってはくれないらしい。

まだ朝日が昇りつつあるこの時間、今日のオレは早起きだ。やっぱりプリメラは目覚まし要員に必要かもしれない。タクトが起こしに来ないってことは、きっとまだ筋肉痛なんだろう。なら、たまにはオレが起こしてやろうと、張り切って隣の部屋を覗いた。

「おは――あれ？　タクトは？」

てっきりまだベッドに蹲《うずくま》っていると思っていたのに、もぬけの殻《から》だ。目をしょぼつかせたラキだけがプリメラを抱えてあくびしている。プリメラってばどこに行ったのかと思ったら、ラキを起こしに来ていたらしい。

――ガゴッ！　タクトは？　と尋ねようと開いた口を閉じた。今の音、何？　まさか……。

「素晴らしいですよ！　さすがです！　ユータ様をお守りするのに相応《ふさわ》しいパーティメンバーになれると、マリーが保証します！」

慌てて駆け寄った窓から、蹲って苦しげに咳《せ》き込むタクトと、きらっきらの笑みを浮かべたマリーさんが見えた。ほんのここ数日で、庭が隕石《いんせき》の集中攻撃を受けたような荒れ地に見えるのは、気のせいだろうか。

「……オレ、タクトって馬鹿だと思ってたけど、思ってたよりも馬鹿みたい」

「うん、僕もそう思ってたけど～。予想を超えてきたね～」

ねえ王都は⁉　タクト、ロクサレンに住むつもりなの⁉　絶対また筋肉痛になるよね⁉

いや、偉いと思うよ⁉　そんなに頑張ってるなんて本当にすごいよ。だけど！　オレたち予定があってここへ来たはずじゃない⁇

――いい根性なの！　さあ立つの！　限界の先の、そのまた先を越えるの‼

あっ……ティアの隣に寝ていないなと思ったら。きゅっきゅと聞こえてきた鬼軍曹《おにぐんそう》の声に、タクトが本当に生きているのかと不安に駆られる。

ため息と共に窓を開けると、トンと窓を蹴って飛び出した。

「にゃあ」

スッとオレから抜け出したチャトが、当たり前のようにオレを乗せて滑空《かっくう》する。大きく円を描くように高度を下げると、二、三度羽ばたいてタクトの前に着地した。

「おう……ユー、タ。俺、もう無理、かも……」

少々苦情をと思ったけれど、ぼろぼろで身動きもままならない様子に慌てて回復を施した。

無茶にもほどがあるよ！　マリーさんは加減できるけど、ラピスはできないんだからね！

あくまで治療のための回復を施して顔を上げると、荒く上下していた胸は穏やかに規則的なものとなり、必死に開いていた目は閉じられ――有り体《てい》に言えば、爆睡《ばくすい》している。

「もうー!!」

ほらぁー！　地団駄《じだんだ》踏んで怒るオレの上へ影が落ちた。次いで、ふわりと視界が高くなる。

「タクトめ、ここまでやるヤツだとは思わなかったぞ。いいパーティじゃねえか」

「……カロルス様。だけど、今日こそ王都に行くはずなのに」

むすっと頬を膨らませて一緒に抱え上げられたタクトを見やる。すうすうと眠る姿は年相応に幼くて、胸の中の苛立《いらだ》ちが溶けて消えていく。

全く、仕方ないんだから。頬をつつくと、むう、と唇が尖って顔がしかめられた。

「朝飯の間寝かしてやれ。起きたら行けるだろうよ」

のしのし歩くカロルス様に、2人して揺られる。タクトもまだ、子どもだなぁ。片手で抱っこされてるもの。あんなに頑丈で、馬鹿みたいな身体能力を持っているけど、まだ子どもだ。

「オレが守ってあげなきゃね」

えへ、と独《ひと》りごちて笑うと、カロルス様がこつんとおでこをぶつけた。

「それはこいつの台詞だな。すげえヤツだぞ、規格外を前にして食らいついていこうなんてよ。ましてや、守ろうとするヤツは……そういない。大事にしろ」

「えっ……」

目を瞬かせ、ブルーの瞳から、その腕の中へ視線を移動する。

オレはただ、疲れ果てて眠るタクトを見つめた。胸が、詰まるような気がした。


「――タクトが食事どきに起きないなんて、前代未聞《ぜんだいみもん》じゃない～？　どうする、まだ待つ～？」

朝食を終えて戻ってきてみても、彼はまだ気持ちよさそうに眠っている。オレはベッドの傍らに座り込んで、閉じられたまぶたを間近く眺めた。

「ねえ、タクトはオレ……オレたちを守りたくて頑張ってるのかな」

首を傾げたラキは、ベッドを背もたれに腰を下ろした。

「そうだよ～」

思いの外《ほか》ハッキリとした肯定《こうてい》に、驚いて見上げる。くすっと笑ったラキが、僕もね？　と人差し指を唇へ当てた。

「……それって。だけど……」

シャープになりつつあるタクトの顎をじっと見つめて、言いかけた言葉を呑み込んだ。オレが2人に無理を強《し》いているんだろうか。一緒に在《あ》ろうとしてくれる貴重な存在に、辛《つら》い思いをさせているんだろうか。

突如、ため息と共にぎゅうと頬をつままれ、涙目でラキを振り仰いだ。痛かったんだよ！

「嬉しくなかったんだ～？」

嬉しくないわけ、ない。だけどそれを喜ぶのって――。

「じゃあ、喜んでよ？　いつもみたいに笑って、嬉しい、ありがとうって言ってよ」

淡い茶色の瞳は、強い光をまとってオレを覗き込んだ。余裕のある微かな笑みは、まるで大人が子どもに言い聞かせているみたい。見透《みす》かされる心が不安で、つい視線を下げた。

「大丈夫。僕たちはその方が嬉しい。……ねえ、ユータはブラッシングが好きでしょ～？」

突然変わった話題についていけず、俯《うつむ》いたまま頷いた。

「じゃあ、上手になる方法があったら、やるよね～？　喜んでくれたら、嬉しいよね～？」

探るような物言いに、ハッと顔を上げる。そうなの？　そういうことなの？

「ちなみに、ユータはどうしてブラッシングしたいの？」

「えっと……みんなが気持ちいいと、いいなと思うから。喜ばせたい、から？」

だって、オレがそうしたいもの。それって、みんなのためだろうか。だって喜んでもらうと、オレが嬉しいのに。……難しいんだな、誰かのためって。

「そういうこと。僕たちがやりたいことにケチつけずに、甘んじて受ければいいよ」

啖呵《たんか》を切るように言い切って、ラキはふっと口の端を上げて笑った。こんな顔、初めて見たかもしれない。おかしな言いざまに思わず笑って、ラキは大人みたいだと思う。

「じゃあ、オレが2人のためにすることも、甘んじて受けてね！」

「へえ？　受けて立つよ。何をしてくれる？」

面白そうな顔をしたラキに、むっと対抗心が湧《わ》いてくる。何か、何かないだろうか。

咄嗟《とっさ》にお料理しか思い浮かばなくて歯がみする。だけど、そもそもそんな急に思いつくはずないんだから。くすくす笑う余裕の表情に、いつもオレばっかり恥ずかしくて腹だたしい。

せめて、ラキにも赤面するようなこと……！　悔しさにラキをひと睨みしたところで、ハッといいことを思いついた。ちょっとオレにも覚悟がいるけれど、これなら！

「あ、あのね!!　それはまた考えるから！　だけど、オレだって2人に喜んでもらいたいって思うのは、どうしてだと思う？」

少々頬は紅潮《こうちょう》しているかもしれないけど、オレは得意満面で腕を組んで立ち上がった。途端に相好を崩したラキに、思わずえっ？　と拍子抜ける。どうして嬉しそうなの？

「え～？　どうしてかな～？　僕、ぜひとも聞きたいな～⁇」

よし、かかったな。オレはたっぷりと余裕のある表情で口を開き――。

「………声、出てないよ～？」

吹き出しそうなラキに、どんどん顔が熱くなる。だめだめ！　よ、余裕のある顔！

早鐘を打ち始めた心臓に気付かないふりをして、ごくっと唾《つば》を飲む。

「だ、だから、オレが、その、オレが、２人のことを――」

肝心《かんじん》なところでしゃがみ込んで、ベッドへ顔を埋めてしまった。だけど言った、ほら、言ったよ。ラキには聞こえなかったかもしれないけど、もう言ったからいいよ。

一方のラキは、聞こえないよ～と爆笑していた。悔しい……オレはふるふると屈辱に震えている。無理だった……所詮《しょせん》オレには、無理だったんだ……。

敗北感にまみれてそっとベッドから顔を上げると、目の前の幼かった寝顔が雰囲気を変えた。

うっすらと片目が開き、オレと視線を絡めてにやりと口角が上がる。

館には、オレの絶叫《ぜっきょう》がこだましたのだった。


「くそ～今日起きたら治ってると思ったのにな……」

「じゃあそれ、やめたら～？」

2人の声と眩しい日差しに、むくりと体を起こした。プリメラがいないので、今日はゆっくり眠れ……じゃなくて、起きられなくて残念だ。

「おふぁあよ～」

「お、自分で起きれるのか！　おはよう！」

「おはよ～。それはあくびなの、挨拶なの～？」

タクトのせいでなかなか出発できないので、オレたちはもう昨日の夜のうちに王都にやってきた。宿の1泊分がもったいないけど、タクトが毎朝訓練しようとするのだから仕方ない。相変わらず筋肉痛は継続中のようだけど、眠い目をこすりつつそちらへ視線をやって、思わず絶句した。

「……や、だってこうしてる方が体が動くんだよ！　仕方ねえの！」

明らかに引いてるオレたちに気付いたらしい。どう見てもトレーニングしているタクトが、言い訳がましく言い募《つの》った。

「身体強化系の人ってこれだから～」

「ねー！　同じ人としてどうかと思うよ」

肩を寄せ合ってこれみよがしにひそひそしてみせる。王都行きが遅れたんだから、このくらいは許されるだろう。

「う、嘘じゃねえよ！　お前だって知ってんだろ！」

知ってるよ、体が温まった方が筋肉痛もちょっと楽になる気がするよね。……言わないけど。

カクカクと妙な動きで憤慨《ふんがい》するタクトに、２人して笑ったのだった。


「――カン爺たち、相変わらずだったね」

「そりゃそうじゃねえ？　だって俺が生まれた時から変わらねえもん」

３人でカン爺やサヤ姉の工房へ行った帰り、オレたちは久々の食堂でランチを食べていた。王都は冒険者も多いから、表通りさえ外せばリーズナブルなお店もたくさんある。

工房に挨拶に行くと、一斉に視線がオレの手元に集中して、ちょっと怖かった。オレはすっかり餌《えさ》やりの職員さんみたく認識されているらしい。お菓子を撒《ま》きながら走るオレを想像して吹き出しつつ、熱々《あつあつ》のお料理にはふはふと上を向いた。

「それも美味しそう～。ちょっと分けて～？」

「そんなんで腹膨れるか？　おやつじゃねえ？」

お肉が入ってないからってそれはない。オレが食べているのは、マッシュポテトとチーズを混ぜてこんがり焼いたグラタンみたいなもの。味付けは塩胡椒だけでシンプルだったけれど、バターも生クリームもチーズも入って、当然お腹にずっしり、カロリー的には相当だ。

「とろ～っとして美味しいね～」

「じゃあ俺もくれ！」

「タクト、交換できるものないじゃない」

ラキとお皿を交換したのを見て、タクトが既に空になった自分の皿を見つめ、切ない顔をする。渋々スプーンにすくってあーんとやると、すごい勢いで食いついた。

「僕はこのあと買い物したいんだけど、２人はどうするの～？」

「オレも買い物と、ミーナのところへ行ってこようかな？　あ、バルケリオス様に挨拶も！」

この間はシャラのせいでまともに会えなかったからね‼

「じゃあ俺、ギルド寄って外行ってくる」

つまらなさそうな顔をしたタクトが、ぎこちない動きで椅子の背にもたれた。

「危ないんじゃない？　体動かないんでしょう」

「そこまでじゃねえよ。でもまあ、街道近くをうろつくだけにする」

タクトは無謀《むぼう》だし無茶をするけど、ちゃんと線引きはしていると思う。人一倍頑丈な体を持っているから、そうそう危険に晒されることはないとは思うけど。

「じゃあ、明日からは３人で依頼を受ける？」

「そうだね～。ユータはバルケリオス様が優先になるけどね～」

依頼、と聞いてタクトが嬉しそうに口角を上げた。

「よし！　明日は朝からギルド行ってくるぜ！」

「タクトは張り切る前に本調子に戻した方がいいんじゃないの～？」

「しばらくは採取とかがメインかな？」

今にも立ち上がらんとしていたタクトは、ガックリとテーブルに突っ伏したのだった。


「――ねえシロ、そろそろ暗くなるからラキを迎えに行こうか」

オレはブラッシングの手を止め、窓の外へ目をやった。

今回はシャラの横やりもなく、無事に用事を済ませて帰ってこられたのだけど、宿に帰ったものの誰もいない。ラキはきっと買い物先で居座っているだろうから、迎えに行かなきゃいけないけど、タクトはどうしたんだろう。ギルドへ行ったのは昼だから、依頼を受けてはいないだろうに。そう思うと、途端に不安が込み上げてきた。

「ど、どうしよう。やっぱり筋肉痛で動けなくて怪我とかしてたら……！　ラピス！」

「きゅっ？」

ぽん、と現れたラピスに縋るように訴える。

「タクトが帰ってこないんだ！　一緒に探してくれる⁉」

──もちろんいいの。だけど、タクトなら──

首を傾げるラピスが言い終わるより先に、部屋の扉が開いた。キィ、と微かに軋む音に、タクトではないなと思う。そう思ったのに──。

「え……どうしたの!?　タクト？」

俯いて佇《たたず》むのは、本当にタクトだろうか。いつもお日様みたいな姿は、見る影もなく萎《しお》れて頼りない。思わずぎゅっと硬い両腕を掴んで覗き込むと、されるがままの体が揺れた。下げたままの顔が今にも泣き出しそうで、オレの胸を締めつける。

何も言わないタクトを引っ張ってベッドへ座らせると、幼子《おさなご》にするように背中を撫でながら声をかけた。

「何があったの？　もう大丈夫だよ」

握った手は、いつもの高い体温が嘘のように冷たい。ささやかに握り返された手に、オレもぎゅっと力を込めると、タクトは乾いた唇を開いた。

「エビビが……」

炎の消えた瞳が、ようやくオレと視線を合わせた。

「エビビが。死んじゃった」

ごしごし、と袖で目元を拭うと、タクトは懺悔《ざんげ》するようにぽつぽつ話し始めた。

＊＊＊＊＊

昼食後2人と別れ、タクトは予定通り街の外へやってきていた。

「体痛え……だけど、昨日よりだいぶマシだな」

少々不自然な動作にはなっているだろうが、ゴブリンやビッグピッグ相手に戦えないほどではない。ビシビシと悲鳴を上げる体を騙《だま》し騙し、のんびりと街道付近を歩く。

「やっぱ、外の方がいいぜ。俺、都会で育ったはずなのになあ」

誰に言うでもなく呟きながら、つん、と簡易水槽《かんいすいそう》をつついた。ただのエビだって言うけれど、こうして話せば分かってくれていると感じる。そりゃあ、エビだけど、きっとこいつはトクベツなエビなんだ。タクトは心地よい風に髪を揺らして、そんなことを思う。

「なあ、王都の街道って魔物出ねえもんだな」

ピチピチと跳ねる水音は同意なのか抗議なのか。タクトはご機嫌に歩いていたものの、ちっとも魔物に出くわさないことに少々不満が募っていた。

そりゃあ、散歩気分の外出ではあったものの、ホーンマウス1匹出てこないのはつまらない。

さすがに行き交う人の多い王都の街道には、魔物が寄ってこないらしい。このままでは何も出くわさないまま他の街に着いてしまう。それが本来、望ましい街道の姿ではあるけれど。

「うぁーみしみしする!!　だけどやっぱ動いてる方がいい！」

結局街道を外れたタクトは、予想通り遭遇《そうぐう》するようになった魔物たちにほくそ笑みつつ、剣を振っていた。本調子でないのは重々承知、見通しのいい平原を選んでリスクを避けつつ、街まで戻る手はずだ。

と、どこからか突如響いた悲鳴に素早く剣を構え直した。夕暮れどきに差しかかり、街道に歩く者はいない。だとすれば、自分と同じ冒険者のはず。

もう一度。今度ははっきりと、『誰か！』と聞こえた。視線を巡らせた先は、前方の森。

タクトは逡巡《しゅんじゅん》の末、走り出した。

「無理なら助けねえからな……自己責任！　でも、どこだ!?」

踏み込んだ森の中に、バリバリと草木を踏み越える音と、悲鳴が響く。どうやら大型の魔物のようだと見当をつけ、タクトは気配を殺して音の鳴る方へ走った。

数人の走る足音と、追う魔物の音。しかし、魔物の足音が判然としない。

(でかい……複数？)

どうやらこちらへ逃げてくるようだと身を潜《ひそ》めると、揺れる藪《やぶ》に目を凝らした。

「ダメだ！　もう少しで森を出られるのに……！」

「だけど、森を出たら隠れるところがないよ！」

ギインと何かを弾いた金属音が響く。どうやら冒険者たちは魔物を振り切れなかったようだ。剣戟《けんげき》を響かせながら、じりじりとタクトの潜む場所へ近づいてくる。

（！　ムラサキヨロイムカデ……つがいか）

タクトは眉を顰《ひそ》めた。体長は、３メートルではきかないだろう。黒々とした節は鈍く光り、紫色に透けるような数多《あまた》の足は、怪しく美しい。男女２人の冒険者が逃げの一手を選んでいるのも頷ける。彼らは迫る大顎を必死に弾くものの、それだけだ。ヨロイムカデの類いは、剣や弓との相性が非常に悪い。魔法剣にしても、魔法をまとって『斬《き》る』ならば同じこと。

ムカデの猛攻で既に動きが鈍くなってきた冒険者を前にして、タクトは迷った。

２人が、邪魔になる。守りながら、２体と戦えるだろうか。

「あうっ!?」

あ、と気付いた時には、吹っ飛ばされた女性を受け止めていた。途端にビシリと体が軋む。

そうだった、筋肉痛を忘れていた。だけど、もう手を出してしまった。苦笑するタクトに、受け止められた女性が呆気にとられて目を瞬いた。

「退いてくれ！　姉ちゃんたち、俺が行くから逃げてくれよ！」

「な、何言ってるの!?　あなたこそ早く逃げなさい!!」

鞘《さや》に入ったままの剣を掲げ、タクトは腹を括《くく》って前へ踊り出た。

「おらぁ!!」

どうせ切れないなら、これはただの鈍器《どんき》だ。バットよろしく渾身《こんしん》のフルスイングに、ムカデの巨体が木々をなぎ倒して吹っ飛んだ。

「……痛ぇ」

ぼそりと呟いた瞳にうっすら涙が浮かぶ。今日ばかりは、ユータに回復してもらわねば。

「嘘……」

呆然《ぼうぜん》とした女性の呟きに被せるように、息を切らした男性が叫ぶ。

「もう1体いるぞ!!」

振り向きざまに、思い切り体を捻る。さっきよりも一回り小さな個体が、蛇のように鎌首《かまくび》をもたげて大顎を開いていた。

ヒュ、と風を切る音がしたようだった。しなやかな体を存分に使った蹴りは、爆発的な力をもってムカデの頭上から炸裂《さくれつ》する。生身がぶつかったとは思えない衝撃と共に、その頭部は半ば地に埋まった。最期のもがきを見せる哀れなムカデの上に、影が落ちる。

「――マリーさん直伝《じきでん》。くらえ、鉄槌《てっつい》!」

宙で一回転した影が、無慈悲《むじひ》にかかとを振り下ろした。同時に響き渡ったのは、小さな体からは、細い脚《あし》からは、到底想像も及ばない音。

「なるほどな、マリーさんの言った通りだ！　切れなくても、大体のモノは……潰れる」

そして、人には使わない方がいいと言われた意味も知る。だけど、マリーさんはタクトのこれを受け止めていたはずだったけど。

「よし、兄ちゃんたち、今のうちに走れよ！」

ビリビリ悲鳴を上げる体を悟《さと》られまいと、精一杯虚勢《きょせい》を張って、にっと笑った。

「え？　走る？」

現状を飲み込めない顔で、２人がきょとんとタクトを見つめる。その鈍い反応に、内心歯がみしつつ言い募った。

「デカイ方、まだ――」

ハッと顔色を変えたタクトに、男性が思わずビクリと首をすくめる。その背後にそろそろと接近していた大顎が、大きく開いた。

駆け出そうとした一歩が、ビキリと歯車が引っかかるように、一瞬遅れた。

「くっそ！」

渾身の力で投げた剣がかろうじて大顎を弾き、男性が腰を抜かす。

「逃げろって!!」

弾かれた頭が間近く迫り、今度は女性の顔が強ばった。鈍い体を引きずるように女性の前へ滑り込んだ時、上体を起こすように引き上げたムカデが、カチカチと顎を鳴らした。

次いで、大きく開いた顎から、何かが噴出《ふんしゅつ》するのが見えた。

(しまっ……！　毒!!)

避けたら、後ろに直撃する……！

「頼むぜ、ユータ！」

毒なんて、きっとあいつがなんとかしてくれる！　まともに受けると覚悟して、タクトは咄嗟に両腕で顔を庇《かば》い——その刹那《せつな》、光が迸《ほとばし》った。

「えっ……？」

一拍遅れて轟《とどろ》いたのは、ムカデの断末魔。真っ直ぐな光のラインは、毒の噴出を遮《さえぎ》るように頭部を貫き、一瞬のうちにムカデを屠《ほふ》って、消えた。それは、間違いなくタクトの胸元から。

「エビビ……？」

見下ろしたタクトの唇から、呆然とその名前が零れ落ちる。

「な、なんだよ、なんだ!?　お前、そんなことが——」

どう、と地に落ちたムカデを顧《かえり》みることもせず、タクトは喜色満面《きしょくまんめん》で水槽を掲げ持った。

「すげえじゃねえか！　エビビ……？　なあ、どうしたんだよ。今の、お前だろ？」

声が震えていることにも気付かず、タクトは掲げた水槽を見つめた。その中で、力なく水面に浮かぶエビビを。

力を使い果たした――満足。そんな気配が伝わってくるような気がして、首を振る。

「違うよな、お前、やっぱりすごいヤツだったんだろ？　そうだろ!?」

なんの反応も示さないその姿は、徐々に薄らいで……やがて、消えた。

＊＊＊＊

「――俺が、俺が満足に戦えなかったから。俺が無茶したから。だからエビビが……」

「毒をまともに浴びようとするなんて、本当、無茶だよ……」

いくらタクトが頑丈だからって、麻痺《まひ》毒なら動けなくなるだろうに。毒の気配のないタクトにほっと安堵して、回復を施しておく。

「エビビに、感謝しなきゃね？　それに、いっぱい褒めてあげなきゃ」

俯くタクトは、こくりと頷いて、首を振った。

「だけど、嬉しくねえもん。なんでそんなことしたんだよ……」

「タクトだって、咄嗟に助けに行っちゃったんだから。きっとタクトに似たんだね」

固く握られた拳《こぶし》をそっと撫で、にっこり笑った。

「エビビって何が嬉しいかな？　何を食べる？　お礼しなきゃ」

「……供《そな》えようにも……墓に埋めるものさえねえよ。だって、残らず消えてなくなっちまった」

ぎゅうっと力の入った拳に、目をしばたたかせた。

埋める……？　次いで、思わず笑みを零した。そっか、それは辛かったね。

「タクト、大丈夫。安心してエビビにお礼を言ったらいいよ。心配いらないよ」

まだまだ大人にはならない体をぎゅうっと抱きしめた。

「今はいないけど、明日は喚《よ》べるでしょう？」

腕の中の体が、ピクリと震えた。上がった視線がオレと絡んで、わずかに期待の灯った瞳を揺らめかせる。

「エビビ、力を使い果たして送還されちゃったんだね？　がんばったね」

間近くふわっと笑うと、タクトの青白かった頬にみるみる血の気が差した。

「うわぁ!?」

一挙動でオレの腕を振りほどいて、逆にがばりと抱き込まれた。

「ば……馬鹿野郎ぉーー!!　もっと、もっと早く言えよ!!　俺が、どんだけ……っ!!」

い、痛い痛い!!　がっちりと抱え込まれて呼吸すら難しい。ひとしきり怒ったタクトが、笑い出した。硬い体が震えて、顔を埋められた肩口はじわじわ濡れていくけれど、笑っているのだから仕方ない。オレは浅い息をしながら、なんとか動く左手でその背中を撫でていた。


「ただいま〜。もうちょっと、もうちょっとだけ見たかったのに〜！　まだ奥の棚《たな》が〜」

『ただいま！　あのねえ、ラキがなかなか離れないから、お店の人も困ってたよ』

賑やかに帰ってきたラキとシロに、しいっと唇に手を当ててみせる。

「あれ？　珍しいね、タクトが寝てるんだ〜？」

すうすうと眠るタクトに、ラキが不思議そうな顔をする。

「う、うん。やっぱり筋肉痛が酷《ひど》くて、大変だったみたいだよ」

ラキと視線を合わせないよう、熱心に本を読みつつそう言った。

「……ふうん。じゃあ、明日の朝勝手に起きていかないよう、縛っておこうか〜？」

あんまりな言いように吹き出して、だけどそうでもしないとまた無理をするだろうなとも思う。オレたちはどちらともなく幼い寝顔を見つめ、顔を見合わせて笑った。

ねえ、明日は空けておいてよ。みんなでエビビにお礼を言って、もう一度話を聞かせてよ。

今度は悲しい話じゃなくて、心躍る小さなエビの大活躍を。

オレはタクトが大切に胸に抱えた小さな水槽を見つめ、ふわっと笑ったのだった。

「いっぱい食えよ～」

頬杖をついて水槽を覗き込み、タクトはにまにましている。朝からずっとこの調子だ。

「まあ、無理もないけどね～」

ラキが苦笑してポテトをつまんだ。一応、お祝いの体裁《ていさい》は整えてみたものの、お料理はオレたちの分。エビビは生命魔法水と、お野菜の葉っぱで十分だそう。

「結局、どうしてエビビはあんなことができたんだろうねえ」

ただのエビでしかなかったはずなのに、色々と規格外なことがありすぎじゃないだろうか。

水槽に突っ込まれているのは、エビビの大好物らしいムゥちゃんの葉っぱだ。微かな振動は、ちみちみと必死に齧《かじ》っている証拠。

『こういう時は、主が原因になっていることが多いと俺様は分析する！　だから、まず主ありきで考えたらいいと思う！』

ピンとしっぽを立てて、得意げなチュー助がリンゴスライスを齧った。それ、エビビのだよ！

「そんなことないよ。それに、今回はオレ宿にいたんだから」

そんなに何もかもオレのせいになっちゃあ堪らない。ふすふすと動く小さな鼻をつつくと、チュー助はむうっと腕組みして眉根を寄せた。

『そうかしら？　あなたのせい以外に、ないと思うのだけど……』

聞き捨てならないモモの発言に、今度はオレがむっと頬を膨らませる。

『だって、エビビの召喚を維持しているのは、ゆうたの生命魔法水でしょう？』

そういえば、タクトが召喚を維持するのが難しいから、薄い生命魔法水を使っているんだった。ほらみろ、とばかりにツンツンしてくるチュー助にはお手拭《てふ》きを被せておく。

「そう、だけど……召喚維持に必要な分くらいの、ほんのちょっぴりな量だよ。維持に使っちゃうから残らないはずだよ！」

『そうね、当初はね』

今は違うって言うの……？　怪しくなってきた雲行きに、知らずたらりと汗が流れる。

『だって、タクトは魔法剣を使うまでに魔力が伸びているじゃない？　だけど生命魔法水も使い続けているわけでしょ？』

ハッと水槽を見やると、心なしかエビビがギクリとした気がする。まさか、エビビ……余剰分を取り込んだり、溜め込んだりしていたの？

『ほら、高濃度の邪《じゃ》の魔素で魔物が強力になるじゃない。だから……』

そっと目を逸らしたモモに、愕然《がくぜん》として小さなエビを見つめた。オレの視線にもそ知らぬふりの小さな生き物は、葉っぱを咀嚼《そしゃく》するスピードを上げた気がする。

「なあ、エビビはブレスを吐けるようになったんだから、ドラゴンにだってなれるかもしれないぞ！　一緒に頑張ろうな！」

無邪気なタクトの声に頭が痛くなる。それ以上エビビを焚《た》きつけないで……タクトに似て、きっと強さに貪欲《どんよく》なエビだから。

『そっか、エビビは生命魔法をいっぱい摂《と》ったらブレス？　できるんだね！　じゃあ、ムゥちゃんの葉っぱ食べたら、きっとまたできるね！　ぼくも見てみたいな』

シロ……今なんて？　あっと気付いた時には、残った葉っぱの末端がエビビの口に吸い込まれていくところだった。ふう、やれやれ。エビビからそんな気配が伝わってくる気がする……このエビ、絶対確信犯だ！　どうも、してやられた気がして悔しい。

『エビは……ブレスを吐くのか？』

驚愕《きょうがく》したチャトが、真剣な面持ちでオレを見上げている。

……大丈夫です、エビはブレスを吐きません。どうせこっそり外で狩り食いしてるんでしょう。エビビ以外なら、どうぞ安心してお召し上がり下さい。

安堵したらしいチャトは、ひょいとオレの隣にやってくると、四角く蹲った。目を閉じ、耳を下げ、しっぽがオレの腕を撫でる。

撫でてもよかろうの合図にくすっと笑うと、滑らかな毛並みに手を滑らせる。オレンジの毛並みは、撫でるとぺったりと平らになってすべすべするくらいだ。

「よしっ！　エビビ、明日から特訓だ！」

「エビに特訓……一体何をさせようって言うの〜」

お日様みたいなきらきらした笑みを見つめていると、オレまで温かくなってくるみたい。

「よかったねえ」

タクトが笑っていること。それってなんて大事なことなんだろう。

オレの小さな世界は、タクトとラキが笑っていれば、それだけで大体幸せなんじゃないかな。

『そう。あなたもそうなのよ』

肩に乗ったモモが、ふよっと頬に触れた。

オレも……？　そうか、オレもそうなのか。オレはほこほこと自然と浮かぶ笑みを心地よく受け入れて、そっとチャトの背中を撫でたのだった。


「――もしかして、君、昨日冒険者を助けなかった？」

ギルドのカウンターに着いた途端、口を開くよりも先に尋ねられた。その視線はタクトに向いている。そういえば、タクトってギルドへの報告とか……済ませてないよね。

「あー……忘れてた。それどころじゃなかったし」

頷いて苦笑いしたタクトに、ギルド員さんが2、3質問して確認を取っている。どうやら報告は問題なく助けた冒険者さんがしてくれていたみたいだけど、タクトが何も告げずに去ったものだから、対応に困っていたみたい。

「彼らは君のものだって言うし、貴重な素材がダメになったらどうしようかとヤキモキしてたんだよ。ギルドに売ってくれるってことでいいかい？」

「俺が丸ごともらっていいのか？　だったら……」

ちらりと視線を受けて、いそいそとラキが進み出る。あとは任せておけばいいだろう。

「これ、預かっていたお礼ね。素材の分はこっち。1人でムラサキヨロイムカデを2体なんて、王都でもその年でなかなかできることじゃないわよ？」

受付のお姉さんにぱちんとウインクされ、タクトがエビビ水槽を見つめて苦笑した。

「……驕《おご》らないのね。ますます期待できるわ。あなたたち、地方出身でしょう？　王都でも十分活躍できると思うわ。こっちを本拠地にしたらどう？　依頼の幅が違うわよ」

にこりと微笑むお姉さんの圧力に顔を見合わせる。

「俺ら、学校があるからなぁ。だけど、ちょくちょくこっちで依頼受けるつもりだぜ！」

「ちょくちょく……？」

不思議そうな顔をしたお姉さんが、離れようとしたオレたちに慌てて声をかけた。

「ああ、こっちで依頼を受けてくれるつもりなら、気をつけて欲しいの」

振り返ったオレたちに、お姉さんが眉根を寄せて真剣な顔をした。

「魔物の動向が不安定みたいなの。呪晶石の産出も増えているみたいだし……先日の騒ぎは知っているかしら？　『城壁』と『ドラゴンブレス』が出張《でば》った事態」

え？　『城壁』ってバルケリオス様？　すごい、本当にちゃんと活躍できるんだ！

「知らねえ！　それに『城壁』は知ってるけど、『ドラゴンブレス』って——あ、それって！」

「知らないの⁉　華麗なるメイラーディア様を⁉」

タクトの疑問に、突如身を乗り出したお姉さんが食いついた。その瞳の輝きに負けないくらい、みるみるタクトの瞳も輝き始める。

「ド、ドラゴンブレス……!!　カッコよすぎるぜ……!!　うおお、俺も言われてみてえ～!!」

「メイラーディア様はいずれSランクに認定されるわ！　あの若さで！　見た？　見た⁉　白銀の鎧《よろい》を煌めかせ、風に金の髪をなびかせたあの雄々《おお》しくも美しいお姿！」

通じ合っているようないないような。お互い好き勝手に瞳を輝かせて思いを馳《は》せている。

この場を離れられなくなる気配を感じたオレたちは、タクトを引っ張ってそそくさとギルドを飛び出したのだった。

「それにしても、メイメイ様ってやっぱりすごい人なんだね。そんな二つ名があるなんて」

確かにあの魔法剣は、ドラゴンブレスと呼ばれるに相応しい荒々しさと破壊力だった。瞳を輝かせているタクトも、いずれあんな魔法剣を使うようになるんだろうか。

「バルケリオス様は本当に活躍してたのかな～？　本人を見ても信じられないよ～」

「確かに……だけど、何があったんだろうね？」

魔物がやってきた話だと思い込んでいたけど、もしかすると以前みたいに崩れた地盤を吹っ飛ばす、なんて案件だったかもしれない。それなら、バルケリオス様にだって可能なはずだ。

『あら、もしかすると、もしかするかもよ？　魔物が平気になったのかもしれないわよ？』

『まさかぁ～～俺様、絶対それはないと思う！』

『大丈夫、おじさんは怖がりだけど、きっとがんばったんだよ！』

バルケリオス様、Sランクなのに……オレの召喚獣たちに言われたい放題だ。

さて白の街へと方向転換したところで、ラキが離脱した。工房に行きたいらしく、妙ににましながらその手は収納袋を撫でており……どうやらムカデ素材は魅力的だったようだ。

バルケリオス邸に到着し、いつもの広い訓練用のお庭に案内してもらうと、タクトがさっそく剣を振り始める。……普通、貴族様のお家でそんなことしちゃダメなんだよ。タクトの知る貴族の家がロクサレンとここになってしまって、これはちょっとまずいかもしれない。

「なあ、メイメイ様ってそこまで魔力多くないんだって！　じゃあ俺だってドラゴンブレスできるかもしれねえよな！」

　剣に炎をまとったタクトが、にっと笑う。魔法剣って、普通はヒトの魔法と同じだ。だけど、タクトやメイメイ様のは魔法と剣技の間みたいだもんね。剣技ならオレと同じく妖精魔法の系列だ。そこにある魔素を使うから、魔力が多くなくてもできるかもしれない。

「そもそも、タクトも水の剣は自分の魔力に頼らずに使ってるんじゃないの？　魔法だとあんな風に使えないでしょう？」

　だって巨大な水柱を出せるほど、タクトの魔力は多くない。きょとんとした顔は、言われて初めて気付いたらしい。

「あれ？　俺、どうやって使ってるんだ？　すうーってエビビと一緒になったら、なんかできるようになるんだよ！　普通にさ、水だったら俺の力みたいな感じでさ……分かるだろ!?」

「分かんないよ……」

　それ、何も普通じゃないから。こんなところに規格外がいたなんて。

『それ、あなたが言う？』

　うっ、だってオレのは……仕方ないでしょう、最初に習ったのが妖精魔法だったんだもの。

「――すみません、バルケリオス様の駄々《だだ》が長引いてしまって……」

　しばらくお庭で過ごしていると、困り顔のメイドさんがティーセットを持ってきてくれた。

庭に設置された小テーブルにセッティングされ、まるで今からお茶会でも始まるみたい。

「そうなん……ですの？　じゃあメイメイ様は？」

茶菓子に目を輝かせたタクトが、飛んできて着席する。この場に相応しいといえば相応しい台詞に、そういえばタクトの敬語を矯正《きょうせい》するのをすっかり忘れていることを思い出した。

「メイメイ様がいらっしゃれば、抱えてきて下さるのですが……」

抱えて……。Sランク、それでいいのか。

「ユータと同じだな！　よく抱えられてるもんな！」

「なっ!?　そんなことない――」

にや、と笑うタクトに、カロルス様が重なって見える。……その、カロルス様はカウント外だと……思うんだ。あの腕はね、特別。

「そのお姿はとても素敵なんですよ。勇ましく、頼もしくて生き生きと輝いてらっしゃる」

本当に……？　抱えられていながら勇ましく見える方法があるなら、ぜひ知りたい。それに、あのバルケリオス様の瞳が生き生きしていることなんてあるだろうか。

「先日お出かけになる際も颯爽《さっそう》と……まるで姫を助け出す騎士様のお話のようなお姿でした。私がバルケリオス様と代わりたいと思ったくらいですよ」

それってあれだよね。勇ましくて頼もしいのはメイメイ様だよね。助け出される姫ならぬ戦場に連れ出されるバルケリオス様の方は、さぞかし悲痛な顔をしていたんじゃないだろうか。

「離しなさい！　私は体調が優れないと言っているだろう。だから訓練は明日にする！　分かっているのか、あまり失礼なことをするとクビにするぞ！　私を！」

建物の方から、賑やかな声が近づいてきた。

「残念ですね〜バルケリオス様は、そう簡単にクビになれませんね〜。契約があるでしょう」

「はいはい、Sランクは勝手に辞《や》められませんからねえ〜」

これは、駄々だね……。ずるずると両脇を抱えて後ろ向きに引っ張ってこられる様は、これ以上ないくらい駄々をこねている。

「くそっ……いたた、足が痛い！　手も痛い！　私は忙しいんだ、ベッドで書類を……」

『往生際《おうじょうぎわ》が悪いぜ……』

ほら、ネズミにまで憐憫《れんびん》の視線をもらってるよ。

「バルケリオス様、お久しぶりです！」

ぺこりと頭を下げると、引きずってこられたSランク冒険者は、何事もなかったかのように居住まいを正して咳払《せきばら》いした。

「やあ、君たちも聞き及んでいるだろう？　私の活躍を。先日魔物の群れを殲滅《せんめつ》して疲れているんだ。それに、そんな芸当ができるまでに魔物に慣れたからね。もう心配無用だよ」

「本当に⁉　バルケリオス様すげえ！」

ぱっと顔を輝かせたタクトに、『城壁』は重々しく頷いてみせる。

「じゃあ、もう訓練いらないの？」

首を傾げて見上げると、『城壁』は高速で頷いた。

「……じゃあ、どうしてそんなに離れてるの？」

ものすごくソーシャルディスタンスを取った距離感に、じっとりした視線を送る。

「バルケリオス様、その件で痛感なさったところでしょう。いきなり日和《ひよ》らないで下さい」

「またお姫様抱っこで戦場に立ちたいのですか？」

控えている側近らしき人たちの笑顔に、青筋が浮かんでいる気がする。

「……シロ、モモ」

「ウォウッ！」『うふふっ、お任せっ！』

途端に脱兎《だっと》のごとく走り去ったバルケリオス様に、やっぱり訓練の期間を空けたのがダメだったのかと項垂れた。せっかく免疫がついてきていたのに……。

『おれも行く』

あれ？　チャト？　オレから飛び出していったオレンジの猫に目を瞬いた。手伝ってくれるの？　チャトにそんなサービス精神あったかな？

『いい獲物《えもの》』

蘇芳は我関せずとばかりに、後頭部に張りついてしっぽを揺らしていた。


「……バルケリオス様って体力はあるんだね」

延々と繰り広げられる（一方的に）楽しそうな追いかけっこを眺め、独りごちた。

なんとなく、情けない姿ばかり見ているけど、これだけ動き続けられるのは伊達《だて》ではない。

『これも十分に情けない姿ではあると思うけど』

早々に追いかけっこは離脱して、高みの見物を決め込むモモが、ふよっと揺れた。

「鍛《きた》えられるところは、ある程度鍛えてありますから。……メイメイ様が」

あー。それで、バルケリオス様は割とメイメイ様を苦手としているのか。だけど、ちゃんと厳しい特訓に耐えてきているのだから、大したものだ。今だってシールドは最低限だし、庭からは出ようとしないあたり、ちゃんと訓練の意識を持っているのだろう。

「苦手なことを頑張るって、すごいことだね」

何気なく呟いた言葉に、メイドさんが思い切り振り返って、視線がかち合った。

「あ……すみません。なかなか、そうは言ってもらえないものですから」

そう言って小さく笑うと、元気に駆け回っているバルケリオス様に目をやった。

「魔物に怯えることはあれど、普通の人はああはならないでしょう。ましてやバルケリオス様はSランクで身を守る術もおありですから。ああ、ご存知だったと思いますが、出血や怪我なんかもダメなんですよ。なんと言いますか、冒険者の適性ゼロどころか、マイナス振り切ってますよね。一般人以下です」

「ええっと……その、た、大変そうだよね」

思わず頷きかけて曖昧《あいまい》な笑みを浮かべる。フォローしようもないくらい散々な言われようだ。

「ですが、Sランクなんですよ。他人から見ればあの姿、『フザケてんのかクソ野郎がぁ！』と思いますよね」

突如飛び出した荒くれみたいな口調《くちょう》に、ビクッと肩を揺らして見上げる。何か？　と言いたげに返ってきた微笑みに、こくんと唾を飲んで首を振った。そう思ったのはメイドさんじゃなくて世間一般ってことだよね？

「召喚獣たち、かわいいです。なのに……あんなに苦手なんですよ。本当に、吐くほど。ね、分かりませんよねえ、普通はかわいいって思いますもん。私には想像もつきませんね、フツーの人がフツーにできることを、せめて『普通以下』にできるようになるための努力って」

「……そっか。うん。オレも、分からない」

オレはもちろんみんなが大好きだし、魔物だって命が脅《おびや》かされるから怖いだけだ。想像できるはずがない。『普通』より極端にマイナスからのスタートって、辛いものなんだな。どんなに頑張って辿り着いても、そこはあくまで『普通』のライン。

できるようになっても――褒められはしない。それって、頑張れるだろうか。それを頑張ってるって、すごくないだろうか。

バルケリオス様はきっと、100メートルくらい後ろからスタートしてるんだ。同時に出発した人に追いつくには、100メートルも差を縮めなきゃいけない。そう考えて驚愕した。だってもし200メートル走だったら倍の速さで走らなきゃ！　なのに、それでやっと同着だ。

「バルケリオス様……すごいよ。ごめんね、オレ、ちゃんと考えてなかった。苦手を頑張るって本当にすごいことだったんだ」

なんだか涙が滲む。彼はどんな思いでSランクになったんだろうか。守るべき運命を持って生まれた――本当にそんな信念を持っていただなんて。分かってなくてごめんね。オレは、オレはちゃんと褒めるからね！　頑張ってるねって言うからね！

きゅっと唇を結んだところで、少々ふらつきながらバルケリオス様が戻ってきた。

「お疲れさ――」

「絶対間違ってる！　城壁は大事に扱って、少しでもヒビがあったら補修して、至れり尽くせりで手間暇かけて長持ちさせるものなんですぅー！　私だって『城壁』なんだからもっと大切に扱うべきだろう！　食っちゃ寝して何が悪いのかね⁉　そのためにSランクになったのに！」

彼は憤慨しながら椅子の上で膝を抱えて小さくなると、もっしゃもしゃとお菓子を頬張った。

オレの潤《うる》んだ瞳がみるみる乾き、熱いものでいっぱいだった胸が急速に冷えていく。煌めいていた瞳の光はすっかり失われ、オレは拗《す》ねたおじさんを半眼《はんがん》で眺めた。

「……バルケリオス様、ちょっと、よろしいでしょうか？」

「よろしくないよ君、見れば分かるだ――あ、ちょっと待ちなさ……ちょっと君ぃーっ」

メイドさんは、どこでもやっぱり怖……じゃなくて、強……でもなく、そう、頼もしい存在であるようだ。オレたちは引っ張っていかれたバルケリオス様の無事を祈りつつ、その場をあとにしたのだった。


「変な人だよな！　食っちゃ寝したいだけなら、Sランクじゃなくてもできそうじゃねえ？　あんなすげえ能力があるんだからさ！」

少々ガッカリした先ほどの話に、タクトは訝しげな顔をした。本当だ……。言われてみればそうだ。彼の真意は分からない……と、いうことにしておこう。

「なあ、それより俺だってそうなんだけど」

「何が『そう』なの？」

オレたちは、どうせ工房へ入り浸って帰ってこないであろうラキをお迎えに向かっている。

何か言いたげなタクトを見上げると、彼はにっと笑った。

「苦手なこと。頑張ってるだろ？　俺だって勉強大嫌いだぜ！」

「……それは多分、得意な人の方が少ないと思う……」

オレは過去の経験がある分、もしかすると得意なのかもしれないけど、別に好きではない。

「だけど、嫌いなものを頑張ってんだから、もっと褒めて欲しいぞ！」

「だってオレも頑張ってるもの！　じゃあオレだって褒めて欲しいよ！」

唇を尖らせたタクトに、オレも負けじと頬を膨らませる。途端に、思い切り体が浮いた。

「う、わあっ!?　もうっ！　びっくりするから！」

勢いよく空へ掲げられて、満面の笑みを浮かべるタクトに怒ってみせる。

「褒めてやるよ！　えらいえらーい！　お前、すっげえ頑張ってるぞ！　すごい奴だな、そんなにできるもんじゃねえよ！　大した奴だ！　さすがユータだ！」

ぐるぐる回ってぎゅうーっと抱きしめられ、きょとんとしていたオレは、堪えきれずに吹き出した。

「そんな、滅茶苦茶に褒められたって……」

褒められたって――嬉しくないだろうか。ううん、そうでもない。ほこほこと上気してきた頬と、へらりと綻《ほころ》んだ口元に、確かに上向いた心を感じておかしくなった。

「タクトも、えらいえらーい！　いつも、すっごく頑張ってるね！　勉強も、特訓も、こんなに頑張れる人いないよ！　早起きもすごいし、こんなにいつだってパワーが溢れてる人はタクト以外いないね！　いい子いい子！」

高い位置の頭を引き寄せ、赤みがかった短い髪を思い切りわしゃわしゃと撫でた。

「お前、いい子ってなんだよ！　そうじゃねえだろ！」

そんなことを言うタクトの頬も、ほんのり紅潮している。オレたちは、顔を見合わせて照れ臭く笑った。なんだろう、褒めるってすごいな。言っちゃあなんだけど、こんなに適当な『褒め』でも、どうしてか、心はひどく満足している。

「ねえ！」

「おう！」

皆まで言う必要もなく、その瞳の悪戯《いたずら》っぽい輝きが理解したと物語っている。お互いにんまりと笑い、歩く速度が速くなった。

さあ、どうしようか。なんて言おう。２人がかりの渾身の褒め殺しに、ラキはどんな顔をするだろうか。抑えきれないにやにやを浮かべ、オレたちは思いつく限りの褒め言葉を浮かべながら、工房へ向かったのだった。

「おはよう、ユータ。そろそろ起きようか～」

優しい声に、なぜかざわりと嫌な予感がする。だけど、まだ寝ていたいオレはその感覚を無理やりよそへ追いやって、寝返りを打った。

くすくす、と笑う声が近づいて、微かにベッドが揺れた。固く目を瞑って何も気付かないふりをする。そうすれば、きっとどこかへ行くはずだ。

さらり。体温の低い手が髪を掻き分け、くすぐったさに首をすくめた。

心地いいような、悪いような……。

「きれいな髪だよね～。艶《つや》があって、光が虹色《にじいろ》に反射する。それに、とっても柔らかい～」

な、撫でるだけにしてくれないかな。そう指を差し入れられると、ぞわぞわする。

「あれ～？　まだ起きないみたいだね～？　仕方ないな～」

すす、と滑った手が顔の方へ移動する。同時に、顔付近のマットレスが沈み込んだ。

「このほっぺも素敵だね～。滑らかで、しっとりして、手のひらが気持ちいいよ」

近い。間近で囁《ささや》かれた声に、ハッと身震いして目を開けた。

「起き、起きまぁす!!」

ガバッと布団を跳ねのけて体を起こすと、案の定ほど近い位置にラキがいる。

「おはよう～。ちゃんと起きられたね～」

悪い顔で笑うラキをひと睨みして、ぶすっとむくれながら服を着替える。

くそう、ラキに新手《あらて》の技を覚えさせてしまった……。

……勝てなかった。そう、昨日タクトと2人がかりだったのに、完全なる敗北を喫《きっ》してしまったのだ。所詮、タクトなんて当てにならなかったんだから仕方ない。

『まあ、そういうことに関してはラキの方が5枚くらい上手《うわて》よね～』

『俺様、5枚じゃ足りないと思う！』

チュー助は目をしょぼつかせながら起きるなり、余計《よけい》なところだけ同意する。

だってラキの『褒め』はなんか違ったんだもの。今朝のだって、あのまま放っておいたら段々エスカレートするんだから。じわり、じわりと真綿《まわた》で首を絞《し》めるように……。

タクトなんて昨日壁際まで追い詰められて、泡《あわ》を吹きそうになっていた。

『主だって甘い台詞の1つや2つ、言えなきゃいけねえぜ！』

腕組みしたチュー助が、渋い顔で流し目を寄越す。そうか、あれが甘いってやつ……だけどオレ、きっとネズミよりは上手にやると思うんだけど！

『それこそ甘いわよ、言葉だけじゃダメ。まとう雰囲気、仕草、声、全部よ！ 全部に染み出す甘味《かんみ》成分が必要なのよ！ これは猛特訓が必要ね』

『甘いのは、大事』

モモはともかく、寝ぼけ眼《まなこ》で深々と頷く蘇芳は、きっと何一つ分かってないだろうけど。

——ラピスも、甘いのが好きなの。ユータのお菓子は甘くて美味しいから、きっと上手なの！

頬にすり寄ったラピスを撫でて苦笑する。でもまあ、きっと大人になる頃には甘い台詞の10や20、軽く言えるようになっているだろうと思う。

『……お前、大人だった時は？』

寝ているとばかり思ったチャトが、ちらりと片目を開けて小ばかにしたようにオレを一瞥《いちべつ》した。大人、だった時……？　そ、そうか。オレ、大人だった時がある。なんだかもう、本当に過去の夢くらいぼんやりしているけど、確かにそうだった。

「い、言えてたよ、きっと」

そうに違いない。だって大人だったんだから。……きっと覚えていないだけ。

勢いよく脱ぎ捨てたシャツは、呑気《のんき》にへそ天で眠るフェンリルの上にふわりと落ちた。

——その瞬間、ばぁんと激しくドアが開いた。

「とうばつーー!!」

一瞬しゃかしゃかと空を切ったシロの四肢《しし》が、再び弛緩《しかん》していく。にゃむにゃむ、と口元をもそもそさせたものの、淡いブルーの瞳は一度たりとも開かなかった。

「タクト、宿には他にもお客さんがいるんだから～」

たしなめるラキに心なしかビクリとして、タクトがそそくさとオレのベッドへ腰掛けた。

オレを盾《たて》にしようなんて、酷い前衛もいたもんだ。

「討伐って、何か依頼が出てたの？」

振り返ると、タクトが満面の笑みで頷いた。

「そう！　れっきとした討伐の依頼だぜ!?　素材狩りじゃねえやつ！　まだ達成されてないなんてラッキーだったぜ！」

きらきらした瞳に、胡乱げな二対の視線が注がれる。だって、素材目当てじゃない討伐って、基本的にはその魔物自体がなんらかの脅威《きょうい》だってこと。

「あのな、それも今まで行ったことねえ場所なんだぜ！」

「え、それって何日もかかるってこと？」

「そう！　だけどシロ車なら速いだろ？　絶対他のパーティより先に行けるぜ！」

他のパーティ？　首を傾げたオレたちに、タクトが意気揚々と説明してくれた。

なんでも、王都から馬車で2日ほどの距離にある森での討伐依頼だそう。大規模討伐ではないけれど、森が広いし冒険者の頭数《あたまかず》は多い方がいいってことで、掲示依頼になっていたらしい。

剥《は》がして受注する依頼書ではなく、指定された魔物を提出すれば依頼達成となる。大体の場合は満了の数が決まっているから、言わば早い者勝ちだ。

「だけど、チョウチョでしょ～？　タクトがあんまり喜びそうな依頼じゃないのにね～」

討伐対象はデルージオモスって言うらしい。確かにサイズ的にはオレと同じくらいあるから怖いと言えば怖いけど、所詮は蝶《ちょう》……というか蛾《が》？　牙も爪もないし、手応えのある相手ではなさそうだけど。

「そう思うだろ？　だけどそれが――とにかく、道すがら話すから！」

急《せ》かすタクトに担《かつ》いでいかれそうになり、オレたちは慌てて王都を出発することになった。


「――それ、普通に危険だから、まだ達成されてないだけだよね～」

「オレたちで大丈夫なの？」

たっぷり寝てご機嫌なシロ車は、今日もお馬さんビックリの速度で軽快に走っている。

チーズおかかおにぎりをちびちび咀嚼しつつ、シロと同じくらいご機嫌なタクトを見やる。

「大丈夫だろ！　だってDランクの依頼だぜ？」

オレたち、Dランクになりたてホヤホヤだけど。ランクっていうのは割と曖昧で、なりたてと次のランクに上がる手前の冒険者では雲泥《うんでい》の差が出てしまう。今回は、そのベテランDランク向けだったのではないだろうか。

「ちょっと特殊だからね～。ユータ頼みになるかもしれないね～」

ラキの視線に、神妙《しんみょう》な顔で頷いた。なんでも、デルージオモスは別名『幻惑蝶《げんわくちょう》』なんて嫌な名前がついているそう。そして、予想通り幻惑の類いや毒が得意っていう搦《から》め手専門の魔物みたい。どうして相性最悪そうな魔物にタクトが惹かれたのかと言えば……。

「いろんな魔物が来るって言うぜ！　絶対俺たちが知らない魔物もいっぱいいるだろ！」

それは、決して喜ばしいことではないよね……。幻惑蝶が討伐対象になったのは、単純に数が増えたせいではある。だけど、搦め手専門の真骨頂《しんこっちょう》が『他の魔物をけしかける』こと……。

そのせいで一気に森の危険度が上がって大変らしい。

「タクトは他の魔物と戦うことばっかり考えてるけど～、肝心の蝶の方はどうするの～？　タクトなんて真っ先に幻惑にやられそう～」

ハッとした顔に、オレたちはため息を吐いた。幻惑を受けるのは、何も魔物だけじゃないはず。視線を彷徨わせ始めたタクトに、揃《そろ》ってじとりとした視線を向けたのだった。

「ユータは魔法で解毒《げどく》できるよね～？　幻惑状態も解除できるのかな～？」

「多分できると思うけど……。幻惑が何かの物質で起こるなら、解毒と同じだと思う！」

「まあ、普通は同じじゃないんだけどね～。ユータがそうならそれでいいよ～」

……普通は違うんだ。本来は何やら別の呪文が必要らしいけど、体内で悪さをする物質があるのなら、オレの場合解毒の魔法と同じことだ。

「だけど、変な踊りを見て混乱しちゃう、なんて方法だと解毒魔法じゃ無理だよ」

その場合は一体どんなイメージで魔法を使えばいいんだろう。真剣な顔で眉根を寄せていると、傍らでラキが蹲って震えていた。

「お、踊りを見て混乱って……何……!? どんな踊り……!!」

……ないの？　混乱する踊りとか音楽とか。息も絶え絶えに笑う様に、そんなに変なことを言っただろうかと思う。だってほら、ババンナマンキーダンスなんかは割といい線行ってるんじゃないだろうか。

「それじゃあ幻惑って言っても毒と一緒でしょう。なら大丈夫だと思う」

「だけど、ユータが幻惑されちゃうとダメだよね～？」

「ああ、オレは――」

そっと頬を寄せると、ティアが小さくピピッと鳴いた。つん、と固いくちばしが触れる。

問題ない、と言っていると思う。ティアがそう言うなら、絶対だ。にこっと微笑んで大丈夫だと断言すると、ラキに乾いた笑みを返された。

「じゃあ……実際の様子を見てからにはなるけど、討伐は受ける、でいいんじゃないかな～？」

そう言っておもむろに腕を伸ばすと、随分静かなオレンジ頭をぽんぽんとやった。

「大丈夫。無理そうなら受けないけど～、幻惑をクリアできるなら無理じゃないから～」

されるがままに揺れた頭に、おや？　と首を傾げる。どうしたんだろう、普段なら悪びれなく歓喜の声を上げるだろうに。もしかして、いつものことだと言いすぎてしまったろうか。

ふと、その手がエビビ水槽をいじっていることに気付いてハッとした。……タクトは少々やんちゃでも、お日様みたいな方がいいな。

「ごめんね、いつも依頼取ってきてくれるのに文句言って。ちょっと心配だったけど、挑戦できそうだね！　行こう、討伐！」

外の依頼を取るのはタクトに任せっきりなんだから、こういうところは大いに頼って欲しい。なんたってA判定の回復術士がいるパーティなんだもの！

『主は1人パーティだろ？』

『そこは任せっきりにせず、たまには一緒に依頼を見に行ったらどうなの』

い、いいの！　持ちつ持たれつなの！　役割分担にはこういうのがあったっていいと思う。

――そうなの、仕方ないの。ユータにとってドラゴンよりも早起きの方が勝てない相手なの！

ラピスの分かってるの、味方なの、と言いたげな瞳に目配《めくば》せされ、曖昧な笑みを浮かべる。

オレ、そこまで早起き苦手そう？　ドラゴンよりも？

少々納得できない思いを抱いていると、俯いたタクトから低い声が漏れた。

「お……お前ら……」

両手で覆われた顔に首を傾げると、途端に思い切り顔を上げたタクトが大きな声で言った。

「こ、こんな時に優しい言葉をかけんじゃねえー！　悪かったと思ってるよバカ野郎ー！」

言い放ったかと思うと即回れ右し、シロ車の後部で完全に背中を向けてしまった。

呆気にとられてその背中を見つめると、ラキと視線を合わせてくすりと笑った。

大丈夫、何も見てない。じゃあ、こっちを向けるようになったら朝ごはんの続きにしようか。

オレはひとつ頷き、タクトの好きなお肉のしぐれ煮おにぎりを取り出したのだった。

5章　誰も、いない

「お、あの森じゃねえ？　すげえ、やっぱりシロは滅茶苦茶速いな！」

前方に見えた大きな森を指し、タクトがにっと笑う。やっぱり、タクトはこうでなきゃ。華《はな》やかな笑顔にホッとして頬が緩んだ。

超特急シロ車は、他の人に目を剥《む》かれない程度の高速で飛ばし、当然のようにその日のうちに目的地へと到着してくれた。ほとんど休憩も取らずに走っていたのに、ハーネスを外すと、残念そうにフェンリルのしっぽが垂《た》れる。

「シロ、ありがとう！　疲れたでしょう？　ゆっくりしてね」

労《ねぎら》いの言葉に少し持ち上がったしっぽが揺れた。

『ううん。ぼく、楽しかった！　ゆっくりよりも、お散歩したいなぁ』

「お散歩って……まだ走るの⁉」

『うん！　だってこの辺りのお散歩は、したことないから！』

疲れを知らないぴかぴかの笑顔を向けられ、こういうところがまだ子犬だなあ、なんて思う。

『シロは図体だけだな！　よぉし、ちびっ子ども、俺様がまとめて面倒見てやるぞー！　シロ、冒険に出発だ～！　決して俺様を離すな……いや、俺様から離れるなよ！』

ちゃっかりシロの頭に掴まったチュー助が、元気にしっぽをピンと立てた。

『しゅっぱちゅ～！』

ぴったり並んだアゲハも、ふわふわのしっぽを立ててみせる。

嬉しげに吠《ほ》えたシロが、２人を振り落とさないよう立てたしっぽをふりふり歩き出した。

どっちが面倒を見てもらってるんだか分からないけど、楽しそうならいいか。森へは近づかないようにだけ注意を促して見送ると、オレたちはオレたちで野営の準備を始める。森がどんな状況か分からないから、少々離れているけど、この辺りで野営した方が安全だろう。

「ねえ、明日はどうする？　森を見に行く？」

いつものように地面を均《なら》しながら、ついでにキッチン台も作っておく。

「そうだね～。地図では村もあったと思うから、まず情報を集めようかな～？」

「村へ行けば、今冒険者がどのくらい森へ入ってるかも、分かるんじゃねえ？」

大きな森の近くは魔物に襲われるリスクが高いけれど、代わりに資源は多いし冒険者が来ることで収入になるため、割とぎりぎりを攻めるような位置に小さな村があることが多い。

当然、小さな村の割に宿泊施設がしっかりあったりするのだけど、オレたちは泊まらない。

だって野営の方が快適だから！

「今日の飯は？」

「チーズリゾットと、卵とお芋《いも》のサラダ、足りなかったら、あとは腸詰《ちょうづ》めでも焼こっか？」

「腸詰め焼いたの、好きだー！」

うん、つまり内容が分かったメニューは腸詰めだけだったんだね。

なんにも疲れることはしていないはずだけど、1日中移動していると、それだけでなぜか疲労感がある気がする。だから簡単なもので、と自分に言い訳をしつつ塊のチーズを取り出した。

王都はチーズがやたらと豊富なので、ついチーズ系のメニューが多くなる。写真でしか見なかったような、でっかいチーズ。それがいっぱい並んでいる光景はとても楽しい。ついでに腸詰めもやたらと大きいものがあるので、今日はフランクフルトみたいに串《くし》に刺して炙《あぶ》ろうか。

「わ。お店の味～！　大人の味って気がする～。美味しいね～！」

リゾットを一口食べて目を丸くしたラキが、急いで皿を抱え込んだ。まだお鍋にいっぱいあるから盗られないよ、大丈夫。

リゾットには何種類もチーズを投入したおかげか、まるで専門店のような深みがある……ような気がしなくもない。チーズって独特の風味があるから、数種類入れると引き立て合う気がするね！　そのハーモニーを狙ったわけで、決して調子に乗って買いすぎたからではない。

「これ、案外蜂蜜《はちみつ》が合うかも！」

思いついて取り出した蜂蜜に、タクトが顔をしかめた。

「飯に、蜂蜜かけるのか⁉　いくらユータでも不味《まず》くなるだろ⁉」

「チーズと蜂蜜は合うでしょう？　だからこれにもきっと……うん！　おいしいよ！」

ゴルゴンゾーラのような、ブルーチーズのような、はたまたカマンベールのような。そんな癖《くせ》のあるチーズの鋭い風味を包むような蜂蜜の甘み。これはいい。楽器の演奏に歌か踊りが加えられたような、そんな別次元のハーモニーを感じる。

恐る恐る試したタクトも、信じられない顔をしている。料理って面白いね、思いも寄らない組み合わせがあるもの。なかなか帰ってこないシロたちも、この香りがあればすぐに――。

『ぎゃああ～～！　シロ、待て！　お座り！　ストップ～～～』

なんて言ってる間に、チュー助の悲鳴とアゲハのきゃっきゃと笑う声が近づいてくる。

『お腹空いたー！』

猛然《もうぜん》と駆けてきたシロがテーブルの前で急制動をかけ、ぽーんと吹っ飛ばされた小さな体。

ふわりと上手に胸に抱きとめ、おかえりと笑った。

『ぼく、いっぱいお散歩してきた！　あのね、向こうに村の跡《あと》があったよ！』

コトリとシロの分の食事を置くと、ちぎれんばかりにしっぽが振られた。

「うん、明日は村で情報収集するからね！　シロが場所を下見に行ってくれて助かったよ」

これなら話が早いと撫でると、口の周りをチーズまみれにしたチュー助が顔を上げた。

『主ぃ、村はあるけど、情報収集はできないと思うぜ！』

口の周りどころか顔中チーズまみれのアゲハが振り返る。

『れきないぜ！　おるすらぜ！』

なんて？　苦笑してアゲハの顔を拭っていると、シロが言葉を引き継いで続ける。

『うん、誰もいなかったみたいだから』

思いも寄らない台詞に、オレたちは困惑して顔を見合わせた。

「おるすって……村がお留守なの？　そっか、森が近いから、夕方になるとみんな出歩かないようにしてるのかな？」

村に人影がないのは、森近くの村ならではの理由があるのかもしれない。それにしたって、冒険者たちが大人しくしているとも思えないけれど。

『違うぜ主！　人がいないのよ、だーれもいない。きっと廃村《はいそん》だぜ！』

「ええ？　そうなんだ……地図には載ってたんだけどなぁ。ギルドにも知らせないと、きっと泊まろうとしていた人たちが困る――どうしたの？」

眉尻《まゆじり》を下げてラキを振り仰ぐと、顎に手を当てて難しい顔をしていた。

「う〜ん。廃村って突然なるものじゃないんだよ〜？　そりゃあ、なくはないんだけど〜。だけどちゃんと村長がいるはずだから、そうなる前に届け出て、なんとかしようとするものだし～。ギルドが何も言わなかったなら、数日前まで人はいたはず～」

真剣な表情に、ざわざわと胸が波立ち始める。

「で、でも『なくはない』んでしょう？」

「そうだな、『なくはない』ぜ。こんな森の近くなら特に」

「だったら……！」

ラキとタクトが視線を交わした。浮かないその表情に、鼓動《こどう》が早くなる。

「……だったら、魔物に襲われて壊滅した、ってことになるよ～」

痛ましげな声に、目を見開いて口を引き結ぶ。当たって欲しくなかった想定が現実味を帯びて目の前にあった。

『だけど、それならチュー助がもっと震え上がってると思うのだけど？』

冷静なモモが訝しげに揺れ、チュー助が憤慨して腰に手を当てた。

『俺様、怖がってないぞ！　だってそんなこと気付かなかったからな！』

気付かないものだろうか。魔物に襲われたあとなら、酷いことになっていると思うのだけど。

『血みどろの大地に破壊しつくされた家屋《かおく》、飛び散った肉片やヒトであったものが――』

目を細めたチャトが淡々と語り始めると、チュー助が見る間に涙目になっていく。

『そそそ、そんなことなかった！　絶対ない！　アゲハ、聞いちゃダメ！』

『ちりろー？』

慌ててアゲハの耳を塞ぎ、チュー助がふるふると首を振った。

——血みどろかどうか、ラピス、見てきてあげるの！

言うなりぽんっと消えたラピスは、ものの数分で戻ってきた。群青のきららかな瞳が、なんの曇《くも》りもなくオレを見つめる。

——人も、人の欠片もないの！　血の海も飛び散った内臓もないし、首ひとつ落ちてないの。

大丈夫だったの、と言わんばかりの穢れなき満面の笑み。オレは引きつる口元を持ち上げ、小さなふわふわを撫でる。ありがとう、でもできればもう少し、ソフトな表現で報告してくれると嬉しいかな……。

「チュー助が平気ってことは魔物もいねえんだろ？　偵察《ていさつ》に行ってみようぜ！　案外村の奴らは、地下とかに隠れてたりしてな！」

『そうとも、俺様を信じるといい！　危険があればこのチュー助が黙っちゃいないぜ！』

シャキーンとポーズを決めるチュー助に、生ぬるい視線を送る。確かに、悲鳴を上げて大騒ぎするだろうな。

シロも危ないものはなかったと言うので、オレたちは揃ってその村までやってきている。

「誰も、いねえ……」

一歩前を歩くタクトの背中が、わずかに緊張しているのが分かる。

「本当に、人っ子1人いないんだね～」

小さな村だった。宿泊施設らしきものはあるけれど、思ったより小さな村。その規模に不釣り合いな高い柵《さく》は、ある程度村が裕福であった証《あかし》だろうか。

ただその柵に設けられた門は、閉じることすらされずに風に揺れていた。

「……やっぱり変だよね」

キィ、キィと軋むもの悲しい門の音に耐えられなくなって、開け放って固定した。だって、誰かが戻ってくるかもしれないから。

「明らかに変だね～。何があったのかな～」

薄く沈んでいく日の中で、建物が少しずつ黒々と染まっていく。なんの痕跡《こんせき》も、破壊の跡すらない村は、ただ静かで、息が詰まった。

破壊の跡があった方がいいとは言えないけれど、どうしてこんなことが起こるのか。魔物に襲われてなんの痕跡もないなんて、不自然すぎる。オレは不本意そうなチャトを両腕で抱え、ぎゅっと顎を埋めた。柔らかで温かい体は、寒々《さむざむ》としてくる心を温めてくれる。

すう、と吸い込んだ息をホッと吐いて、顔を上げた。

「襲われた痕跡がないなら、村の人は無事かもしれないよね？」

『血の臭いはしないよ？　魔物がいても、ここでお食事はしてないと思う！』

ぺろりと口の周りを舐め、シロがそう言った。……お食事って言うのはやめようか。

シロ曰《いわ》く魔物の匂いは『多分』しないそう。だけど、魔物はそれぞれかなり特殊な匂いなので、知らない匂いだと分からないかも、と耳を垂らした。現に、周囲に独特の匂いが漂っていて、人の匂いも魔物の匂いも分かりにくいらしい。

「う～ん。無事な可能性はあんまり考えない方がいいんじゃない～？　だけどこう何も変化がないのはどうしてかな～」

「盗賊……も暴れるよなぁ。あ、奴隷《どれい》のためじゃねえ？」

それにしたって村人全員ともなれば抵抗するだろうから、こんな風にはならないだろう。

風の音しか聞こえない中、カラン、と響いた音に思わず身をすくめる。吹き抜けた風に、軒《のき》先《さき》に干してあった桶《おけ》が音を立てて転がっていった。

「ひとまず、もう暗いしここを出ようか～。万が一危ないことがあったら困るから、さっきの場所で野営だね～」

ラキの言葉に大きく頷いた。村人には悪いけど、こんなところで一夜を明かしたくない。

もしかして、もしかすると嘘みたいに朝になったらみんな戻ってくるかもしれないし。夜目《よめ》は利くけれど、今はこの暗闇《くらやみ》が嫌だ。オレは黙って光のない空を見上げた。早く、朝になればいい。きっと、お日様が顔を出せば気分も変わるはず。

ぽふ、と丸い手がオレの顎に触れた。ひときわ温かい肉球の感触に視線を下げると、抱えたままのチャトが、じっとオレを見上げて目を細めている。

『お前が嫌なら。おれが、ここから連れ出してやろうか』

思いも寄らない申し出に、ちょっと驚いてふわっと笑った。

「ありがとう、大丈夫だよ。お空の散歩は明るくなったら――」

そっか、空から見れば何か分かるかもしれない！

「チャト、高度を上げすぎないで旋回《せんかい》してみて」

ヒョウヒョウと耳元で風の鳴る音を聞きながら、暗い空の中目を凝らす。今ならまだ、痕跡を探せるかもしれない。夜に向かって、草木が眠る今なら。

「あ！　あった！」

オレの指を追って視線を滑らせ、チャトが小首を傾げる。

『何が。草と村と森しかない』

「うん、だけど見て！　草の中に道ができているでしょう」

上空から見ると、草原の中に些細な獣道《けものみち》ができているのが分かる。草原の草は、踏まれたからってそうそう萎れたままになるほどやわではない。相当な人数が通っていったはずだ。

「――それが、ここなのか？」

「確かに、踏み荒らされた跡があるね～」

2人と合流して問題の場所へ行くと、オレたちは揃って困惑の視線を交わした。

「どうして、森へ……？」

そう、件《くだん》のささやかな獣道は、最短距離で真っ直ぐ森へと続いていた。……村の正面からは、森へと続く街道があるのに。

「目印だけつけて、あとは明日だね～！　さあ、早く戻ろう～」

振り切るように顔を上げたラキが、オレの頭を撫でて微笑んだ。早く戻りたい。即席の野営地だけれど、赤々と燃える焚火《たきび》を思い浮かべ、いてもたってもいられなくなる。

早く、戻りたい。薄っぺらな布1枚のテントでも、そこは守られた家のように感じた。

「……あったかいね」

真っ黒な空に、白い湯気《ゆげ》が上がる。カップを包んだ両手からは、じわじわと熱が伝わって熱いくらい。熱せられた両手を頬に当てれば、その頬の冷たさに驚いた。

「うまぁ。なんか沁みるぜ」

タクトの吐いた息が、闇の中でひときわ白く見えた。

交代で寝る時間だけれど、なんとなく一緒にいたくて、こうして身を寄せ合うようにホットミルクを飲んでいる。背中のシロと両側の２人の温もりで、今はちっとも寒くない。

「これ、何が入ってるの～？　美味しぃ～」

「リンゴジャムとスパイス、蜂蜜も入ってるよ」

言わばホットフルーツミルクだろうか。ジャムだけでも甘いのだけど、とびきり甘くしたかったので蜂蜜を入れた。シナモンっぽい香りのスパイスと、リンゴがよく合っていると思う。

温かいもの、甘いものを摂ると心が落ち着いてくる気がする。ざわざわしていた胸も、こくりと含んだ甘い温もりに溶けていくようだった。

ぬるくなった最後の一口を呷った頃には、寄せ合った体が暑いくらい。

「よし！　美味いモンも味わったし、寝るか！」

毛布を振り払って、タクトが立ち上がった。途端に冷たい空気が触れて、ぶるりと震える。

「そうだね～そろそろ寝なきゃ～」

「うん……。そうだね、おやすみ」

最初の見張りはオレと決まっている。隙間の空いた毛布を掻き寄せ、立ち上がった2人を見上げて微笑んだ。しっかりと温まった毛布はほこほこして、辺りにはフルーツミルクの甘い香りが漂っている。背中にはシロがいるし、大丈夫、見張りくらいできる。

きゅっと唇を結んで前を向いた時、ぽんと頭に手が置かれた。

「今日は、シロたちに任せちゃダメかな～？」

「お前、今無理だろ。俺たちで見張ってもいいけど……シロとモモがいれば大丈夫だよな⁉」

2人に見張りを任せてオレだけ見張らないなんて選択肢はない。だけど、シロやモモ、ラピスたちが見張ってくれるなら……今日は、今日だけは甘えてもいいだろうか。

『いいよ！　ゆーたおやすみ！』

『いつも私たちに任せればいいって、そう言ってるでしょう』

元気に答えた2人が、既に見張り態勢に入っている。

『夜歩きに行く時なら、気をつけておく』

ぐっと伸びをしたチャトが、片翼《かたよく》を上げて毛繕《けづくろ》……羽繕いしつつそう言った。

そっか、今は夜にうろつくことも多いチャトもいる。頼もしいメンバーが増えたものだ。頼っていいのかどうかは、今ひとつ分からないけれど。

「みんな、ありがとう！」

オレは感謝を込めて、まとめてぎゅうっと抱きしめたのだった。

同じ暗闇でも、テントの中だとだいぶ違う。それに2人の存在があれば、ちっとも怖くない。

耳が勝手に外の物音を拾おうとするのを振り切って、両隣の呼吸音に集中した。

時折ばたり、と音を立てて風に煽《あお》られたテントが形を変える。灯の消えたランプはシルエットになって、わずかに揺れていた。

「目、閉じなきゃ眠れないよ～？」

含み笑いが聞こえ、温かい手がそっとオレの目を塞いだ。ああ、悔しいけれど……安心する。

オレは素直に頷いて力を抜いた。

どのくらい経ったのか――誰かに起こされているのを感じて、うっすらと意識が浮き上がってきた。べち、と割と容赦のない衝撃をほっぺに感じ、渋々目を開ける。

「あれ……まだ夜」

寝ぼけ眼を擦ってみたけれど、目を閉じる前と変わらない暗闇だ。

『モモとシロが呼んでる』

うつらうつらしながらオレをひっぱたいていた蘇芳が、それだけ言ってぽふんと布団に戻った。何か一大事かとハッと覚醒《かくせい》したけれど、それならこんな起こし方はしないだろう。

そっとテントから抜け出して顔を出すと、頭にモモを乗せたシロが、立ち上がって前方を見つめていた。

「どうしたの？」

毛布を体に巻きつけて歩み寄ると、シロはちらりとこちらへ視線を走らせた。

『ごめんねユータ。あっちに何かいる？　明かりをつけてみて』

困惑気味のシロの指す方には、ただ揺れる草原があるだけ。言われるがままにライトをつけ、眩しさに目を細める。と、シロたちが見つめていた先で草が一部激しく揺れ、静かになった。

『逃げたわね』

『うん。何だったのかな？』

まだ前方を睨みつける2人に首を傾げる。何か気配はあったけれど、小さかった。動物か小型の魔物じゃないだろうか。野営では特に珍しくもない出来事だと思うのだけど。

『ねえゆうた、あなたには何か見えた？』

「うーん、草に隠れて何も見えなかったよ。小型の魔物じゃない？」

草の揺れ具合からしてホーンマウスよりは大きいけれど、せいぜいゴブリンくらいじゃないだろうか。ぽん、と跳んできたモモを受け止めると、手のひらでふよふよと伸び縮みした。

『私たちには見えていたわよ。……大きな魔物が』

「えっ？　何がいたの？」

『トカゲの大きいやつ！　すっごく固くて大きいトカゲがいたでしょう？』

それってもしかして、アリゲールが変異したやつのことだろうか。

「さすがにここにはいないんじゃ……」

水場《みずば》から遠いし、あの巨体がいればすぐに分かるし、ばちばちに気配を感じると思う。

『だけど、私にはしっかり見えたのよねえ。だけど、さすがに変よねって』

『あのね、何か変だったの。ぼくも見えたけど……なんだか薄かったの。それに匂いがしなかったし、気配も軽かったよ』

「薄いって、どういうこと？」

尋ねると、シロが耳を伏せて首を傾げた。

『うーん。ええと……あ、しゃしん！　しゃしんとか、てれびを見てるみたいだったよ』

もしかして……。ハッと手の中のモモを見つめると、頷くようにぽんと跳んだ。

『ええ、これが幻惑なのかしらって。きっとフェンリル相手に幻惑を見せるのは、荷が重いんじゃないかしら。そしてあなたには全く効かないのね』

じゃあ、さっきのが幻惑蝶？　だけど蝶々《ちょうちょう》って普通、飛んでいるんじゃないだろうか。ガサガサと草を揺らしていった『何か』を思い出し、眉根を寄せる。

『起こしてごめんね、見てもらった方がいいかなと思って！　もう大丈夫だからおやすみ！』

シロは難しい顔をしたオレの背中を、テントに押し戻した。テント内に響く色々な寝息と寝顔に、途端に安堵感と眠気が襲ってくる。オレ1人で考えたって仕方ない。全ては明日だ。

ひとつあくびをして納得すると、まだ温かい寝床《ねどこ》に潜り込んだのだった。


「うん、幻惑蝶だって普通に飛んでるはずだよ～。森の中を飛ぶには大きいから、あんまり活発に移動はしないみたいだけどね～」

翌朝、昨夜の出来事を2人にも話して聞かせると、2人も一様《いちよう》に首を捻った。

「もしかしてそうやって逃げたのも、幻惑だったたってことなんじゃねえ？」

「そんな幻惑必要？　それに、多分オレは幻惑が効かないと思うんだ」

肩で胸を張ったティアを見るに、しっかり幻惑への抵抗はできそうだから。

オレたちは簡単に朝食を済ませ、しっかり日が昇ってから再び村に向かっている。何事もなかったように村人が戻ってきていないだろうかと、淡い期待を寄せていたけれど……。

「やっぱ、いねえな」

「いたらいたで、それも怖い気がするけど～」

確かに。明るい中で見る村は、やっぱり人の気配がなくて、ジオラマか映画のセットに迷い込んだみたいに思えた。

「――はあ⁉　なんだこりゃ、どういうこったよ⁉」

突如響いた大声に、思わず飛び上がったオレたちは、顔を見合わせて村の入り口へ走った。

「どうなってんだよ！　おかしいだろ、こんなの⁉」

「分かってるわよ、大声出さないでよ！　盗賊とかだったらどうするのよ！」

「と、とにかくギルドに知らせなきゃ……。僕、行ってくるよ！」

物陰からそっと顔を覗かせると、そこにいたのは3人の冒険者のようだった。2、3言葉を交わしたかと思うと、1人が村から駆け出していくのが見えた。

「くそっ……」

「ねえ、村はきれいじゃない。魔物じゃないわ。きっと、きっと大丈夫だから！」

ポニーテールの女性が、項垂れた男性の背をさすっている。もしかして、この村の関係者だろうか。どうやら1人は状況を知らせに行ってくれたみたいだし、オレたちが引き返す手間が省けたみたい。土地勘のある人なら近くのギルドに知らせてくれるだろう。

オレたちは頷き合って、そろりと一歩踏み出した。

「あの……村の人？」

なるべく静かに声をかけたけれど、肩を跳ねさせた2人が武器を構えてこちらを向いた。

「え？　子ども？　お前ら、これは一体――」

「寄るな！」

間近で聞こえた鋭い声に、オレの方が驚いて飛び上がってしまう。駆け寄ってきた２人も、剣を抜いたタクトに目を瞬いて足を止めた。見ればラキもひっそりと照準を合わせている。

目を瞬かせるオレをちらりと見て、タクトが小さく呟いた。

「あれは、大丈夫だな？　幻惑じゃないな？」

思わぬ台詞に、こくこくと頷いてみせる。そっか、２人は幻惑に対する注意も必要なんだ。ティアだって万能じゃないだろうし、オレも気をつけなければいけなかったかも。

「なんだっつうんだよ……。話を聞こうとしただけだろ！」

「じゃあ、武器はしまってね～。２人は村の人なの～？」

微笑んだラキの視線に慌てて武器を収納すると、２人はゆっくりと歩み寄ってきた。

「あ、ああ、依頼に出て帰ってきてみれば、この通りじゃねえか。一体、何があったんだ？」

「私たち、２日前に出たばかりなのよ。なのに、こんなことって……」

２人は村に住む冒険者らしく、スーリアとダートと名乗った。

「森へ続く痕跡……？　幻惑蝶は増えてるが、森に誘い出されるなんて話は聞いたことねえ。あいつらが増えたせいで森に近寄れなくなってな、立ち寄る冒険者がめっきり減ってたんだ」

「だから私たちが出ていたんだけど……。結局、あなたたちも何も知らないってことね……」

落胆《らくたん》を隠せず肩を落とす2人同様、オレたちも大した情報を得られずガッカリする。

「ともかく、異変は2日前の昼から昨日の夕方までの、どこかであったたってことだね～」

得られた情報はあまりなかったけれど、誰もいない村を前にじわじわと浸食《しんしょく》するような不安が消えて、正直ホッとしている。

「ギルドに幻惑蝶討伐の依頼が出てたから、これから冒険者は増えると思うぜ」

「そうなの？　それは朗報だけど……村の調査は結局別になると思うわ」

スーリアさんが少し目を伏せた。そうか、依頼自体は森の幻惑蝶討伐だから……。

「だけど、森に入る人が増えたら、何か分かるかも！」

「確かにな。ここにいても気が滅入るだけだ、俺らも行くぞ。森へ続く跡ってのはどこだ」

オレの何気ない台詞に、ダートさんが膝を打って立ち上がった。

「俺たちも行こうぜ！　元々そのつもりだったしな」

「そうだね～。ひとまず森が普段と変わりないか、2人と一緒なら確認できそうだし～」

よし、と気合いを入れたオレたちを見て、慌てたのはダートさんたちだ。

「おいおい、冗談きついぜ！　お前らまで連れていけねえよ！」

「送ってはいけないけど、冒険者なのよね？　まだ明るいから帰れるわよ。どこの村の子？」

ハイカリクでは少々知名度も上がってきたみたいだけど、王都でオレたちを知っている人なんて皆無だもんね。そもそも王都から離れた村で名が知られるのはAランクくらいだけれど。

「ダートさんは何ランク～？」

「俺たちはDだぞ。お前らも知ってるだろ？　あの森は幻惑蝶が出て危ねえんだから、今低ランクは行けねえんだよ」

案外優しい人らしい。面倒見のよさそうなオーラを感じつつ、オレたちはにっこりと笑った。

「じゃあ、いいよな！」

「一緒だね！」

「うん、僕たちもDランクだから～」

掲げたカードをまじまじと見つめ、2人は何度も目を擦った。大丈夫、幻惑じゃないから！

半信半疑の2人に痺れを切らし、それならオレたちだけでと言ったところで、ようやく重い腰が上がった。今は昨夜見た草原の跡となるべく同じ場所を通って、森へ向かっている。

『多分、たくさんの人のにおいがする……と思うんだけど。このにおい、すごく邪魔だよ』

大人冒険者2人の歩幅《ほはば》が大きいので、オレはシロに乗っている。ラキとタクトはあの歩幅についていけるみたい。シロが不愉快そうにプシッとくしゃみをして、オレの体が弾む。オレの鼻ではあまり感じないけれど、そんなにシロの嗅覚《きゅうかく》を阻害するなんて不思議だ。

「ねえ、2人は幻惑蝶と戦ったことある？　シロが……あ、この犬なんだけど、この子が変な匂いってずっと言ってるんだ。蝶々って変な匂いがする？」

ふと思いついて前を歩く2人に聞いてみる。

「するぞ。フェロモンだか鱗粉《りんぷん》だか知らねえけど、クセのある甘いニオイをばらまきやがる。だから、森で甘いニオイがしたらすぐに逃げろって言われている。今は俺には感じねえけど、なんせ増えてるからな。犬なら敏感に感じるのかもな」

「幻惑にかかってしまえば負けよ。だから、ニオイがしたらすぐに逃げるのよ」

どうやら幻惑蝶と戦うには、遠くからのヒットアンドアウェイが基本らしい。

「いいか、ぐずぐずして他の魔物を呼ばれたら厄介《やっかい》だからな。下手に戦わず逃げるんだぞ」

「だけど、2人は戦ったんでしょう？」

訝しむオレの台詞を聞いて、2人が苦笑した。

「まあ、討伐はしたけどねえ……」

「もうやりたくねえ」

あまり誇らしげでもない様子に、どういうことかとますます興味を惹かれた。

「――へえ～。じゃあ、タクトが怪しかったら僕が撃つね～」

「気軽に言うなよ！　お前、加減間違って撃ち抜くなよ⁉　っつうか、お前が幻惑にかかったら、俺、背後から狙撃《そげき》されねえ⁉」

「大丈夫、タクトは頑丈だから、狙撃してもそうそう死なないよ〜」

そう、どうやら幻惑にかかりそうになった時は強い刺激が有効らしい。蝶に近い者からかかっていくので、近接担当のダートさんは、パーティの2人から文字通り石を投げられつつ戦ったそうな。ちなみにダートさんが守備と攻撃を兼ねた盾と剣を持った剣士、スーリアさんが回復を少しと弓、もう1人は魔法と槍《やり》だそう。王都まで来ると、割と多才な人が多い気がする。

「じゃあ、ラキがかかったらモモアタックだね」

だけどそもそも、かからない対策が必要だろう。経験のある2人の真似をして、盗賊みたいに口元を布で覆ってはいるけれど、これだけでは心許《こころもと》ない。

「そうだ、モモはラキに、蘇芳はタクトについていてくれない？」

シールドがもしかすると有効かもしれないし、少なくとも他人をラキの狙撃から守ることはできるだろう。タクトは……蘇芳の運があれば最悪の事態は防げるだろうし。

『了解、あなたも気をつけるのよ！』

『抱っこはしない』

モモはぽんとラキの肩に飛び乗り、蘇芳はやや不服そうにタクトの後頭部に貼《は》りついた。これでよし、あとは……。

「効くかどうか分からないけど、ムゥちゃんの葉っぱをいくつか渡しておくね！　回復関連の力があるから、ないよりマシかも」

多分、毒には効くだろう。これで準備はできた。だけど今回は特殊だから、幻惑蝶と戦ってみて危ないと判断したら即退散の心づもりだ。

本当に行くのか？　なんて2人の大人の視線をひしひし感じつつ、オレはフンスと気合いを入れて森の中へ踏み入ったのだった。


「シロ、分かる……？」

いつも淀みなく進む足取りが、時折止まっては慎重に鼻をひくつかせた。

『分からなくはない……と、思う～』

オレは大人2人に挟まれるようにして森を進む。ラキとタクトは後ろで油断なく周囲を窺《うかが》っていた。一太刀で森トカゲを倒したダートさんを見て、彼らに対する信頼を一段階上げる。どうやら割とベテランのDランクみたいだ。やはり危険度の高い森が近いせいだろうか。申し訳ないけど『草原の牙』より明らかに強いだろうと思う。

「その犬、本当にニオイが分かるのか？　普通、この森で嗅覚は当てにできねえんだぞ。犬系の従魔だって頼りにはなんねえからな」

訝しげな2人だけど、なんの痕跡もない今は、進む方向をシロに頼るしかない。

「シロは、普通の犬じゃないから」

胸を張ったオレに、シロが嬉しげに吠えた。

『そりゃあ、いくら相性が悪くたってそこらの魔物には負けないでしょうよ』

ラキの肩でモモが弾む。今のところ蝶々の姿も見ないし、オレたちに分かるような甘いニオイもしない。それどころか、魔物が少ない気すらしている。

最初に飛び出してきた森トカゲと、あとは襲ってこないような小型の魔物を見かけるくらいだ。このままじゃ、お昼ごはんの確保もままならない。

「この森、普段もこんなに魔物が少ないの～？」

ラキに問われ、スーリアさんが難しい顔をした。

「いいえ。特に最近は浅部《せんぶ》にも蝶が現れるせいで、こうして進むことも難しかったのよ」

甘いニオイを避けて進むために、森での行動はかなり困難なものであったみたい。

「じゃあ、なんで出てこないんだよ」

少々不満そうなタクトが口を尖らせた。まさか、魔物までいなくなっちゃったわけじゃないよね。出てこない方がいいはずなのに、こうも遭遇しないと――怖い。

「……どうする。一旦《いったん》引き返すか？」

「だけど、村のみんなのニオイは続いているのよね？」

大人組が、ふいに足を止めた。側には、道しるべらしき赤色の杭《くい》が打ってあるのが見える。

「どうしたの？」

不安を隠せず見上げると、2人の瞳も揺れていた。

「普段は、これ以上奥には進まない。俺たちのランクでも危険だからな。ましてやお前らを連れては無理だ。この状況ならお前らだけでも森を出られるだろ、帰れ」

「あなたたちを連れてはいけないわ。この先も魔物がいない保証はないもの。……ただ、今ならニオイがかろうじて残っているのよね……？　ねえ、この犬だけ借りることってできない？」

腕組みしたダートさんは、絶対に連れていってはくれなさそうだ。だけど、2人は行くんでしょう？　オレはシロと顔を見合わせ、後ろの2人とも視線を交わす。

「いいよ。シロは賢いから、頼み事はお話しすれば分かると思う。気をつけてね！」

「幻獣なのか？　でかいもんな……。この犬なら、何かあっても逃げられるだろう。こいつだけ帰ってきたら、その時は、な？」

お前らも冒険者なら分かるな、とオレの頭に手を置いて、2人は頷き合って歩き出した。

分かるよ、大丈夫。そのためにシロをつけたのだから。

「で、俺たちは？」

帰るワケないよな、と言わんばかりの顔でタクトがにやっと笑う。うん、こんな半端《はんぱ》で帰るわけないよね！　あの2人が大丈夫なら、オレたちだって問題ないはずだ。集まった視線に、リーダーラキも、仕方ないねと悪い笑みを浮かべた。

大人たちの姿が見えなくなってしばらく、オレたちも行動を開始する。シロの気配ははっきりと大きいから、オレにはすぐ見つけられる。一定の距離を保って進みながら、周囲の様子も探ってみるけれど、残念ながら分かるのは魔物が妙に少ないっていうそれだけだ。

――ユータ、あっちも特に変わりはないの。初任務、ごくろうなの。

連絡係は管狐《くだぎつね》部隊のニリスが担《にな》ってくれているらしい。割とひっきりなしに連絡を寄越す様子に、一番新米であるニリスの張り切りが窺える。

ろくに出てこない魔物に拍子抜けしつつ歩くことしばらく、ラピスが小首を傾げた。

――ユータ、シロが困ってるみたいなの。

「困ってる？」

――大人が勝手に道を逸れるの。シロの行きたい方に行けないって言ってるの。

ラピスの台詞にさあっと青ざめた。もしかして、もう幻惑にかかってるんじゃ？

「甘いニオイは!?」

――するの。だけど、シロがいる辺りだと蝶も多いから、甘いニオイは避けられないって言ってたみたいなの。でも大きい蝶々はいないみたいなの。

本当に？　もしかして近くにいるのに気付いていなかったりしたら大変だ。

「ちょっとオレ、目を閉じるから守ってね！」

一応ラキとタクトに護衛をお願いして目を閉じる。地図魔法とレーダーを併用し、シロたち一行の周囲を詳細に探った。これ、とても疲れるのだけど、そんなこと言ってもいられない。

「あれ……？」

大きな魔物はいない。だけど、気になる反応がある。

「ちょっと、作戦変更！　急いで合流しよう！」

ぱちっと目を開けて宣言したオレに、２人は訳も分からず頷いた。

「ふうん、事情は分かったけど～。僕もそっちに乗せてくれない～？」

『無理』

お伺いを立てる猶予《ゆうよ》もなく、チャトがばっさりと切り捨てた。相変わらず、チャトはオレ以外を乗せてくれない。今はオレがチャトに乗って走り、タクトがラキを抱えて走っている。シロがいない今、これが一番早い方法だと思う。ラキの渋面《じゅうめん》は見なかったことにした。

「あ、いた！」

「なっ⁉　お前ら、一体どうやって⁉」

あれ？　全然幻惑にかかっている雰囲気じゃない。間もなく追いついたオレたちは、驚愕されるのも構わず、まじまじと2人を眺めた。

「幻惑、かかってなくねえ？」

「そうだね～」

2人の視線が痛い。だけど、もしかしたら今は幻惑が解けているのかもしれないし！

「帰れって言ったろうが！　何考えてやがる！」

怒り心頭でオレを捕まえようとするダートさんをするりと躱《かわ》し、先手を打った。

「気になることがあるし、オレたちだけで進むから。2人についていかなくて大丈夫！」

「何言ってやがる！」

簡単に躱され面食らったものの、彼は再びオレに手を伸ばす。手が触れる寸前まで引きつけ、にこりと笑った。瞬間、きっと彼はオレの姿を見失ったろう。踏み出した足の間を抜け、膝裏を軽く蹴った。同時に襟首《えりくび》に飛びついてぶら下がるように思い切り引く。

「う、わっ⁉」

見事に体勢を崩して頭を打ちつける寸前、抱え込んで受け止めた。

「オレたちも、Dランクなんだよ」

とん、と小さな手刀《しゅとう》を首元に添え、目を見開くダートさんを覗き込んで微笑んでみせる。結局のところ、ある程度実力が分からないと納得はしてもらえないから。マリーさんみたいな強硬手段になっちゃったけど、オレも急いでいる。

大人２人は、狐《きつね》につままれたような顔でオレたちを眺めたのだった。


「――で、こっちなのか。犬とはぐれた時があったが、なにも違和感はなかったはずだぞ」

納得してくれたのかどうかは分からないけど、ついてくるなとは言わなくなった２人と共に、オレたちは先ほど彼らが道を逸れた場所に向かっている。

『こっち！』

シロに続いて皆で走っていると、甘いニオイが一段ときつく感じられた。

『この先なんだけど……ほら』

ちらり、と振り返ったシロが足を止めた。

「あれ？　どうしたの？」

きょとんとすると同時に、違和感に気付いてきょろきょろと周囲を見回した。あれ？　みんなは？　ラキもタクトも、大人２人もいない。オレしかいない。

ゾッと背筋が寒くなって、つい思い切りレーダーを広げた。

「あ……いた！」

よかった、どうやら大人２人、子ども２人でバラバラの方向に走っているものの、特に変わった様子はなさそうだ。これも幻惑の一種……？　とにかく、集合しなくちゃ。

「シロ、ダートさんたちをお願い。チャト、ラキたちを呼んできてくれる？」

『分かった！』

『乗せはしない』

その間にオレも気になっていたことを片付けよう。

慎重に歩を進めると、そうっと茂みの中を覗き込んだ。

「……ねえ」

ズダ袋みたいなそれは、声をかけると飛び上がるほどに驚いて顔を上げた。

「君、村の子？　一緒に行こう」

そこに蹲っていたのは、まだ10やそこらの子どもだった。

「なっ……なんで!?」

慌てて逃げようとする先を通せんぼする。こんな森の中、子ども1人は危険すぎる。ここに魔物がいなくて本当によかった。

ぐっとフードを被って後ずさった少年に手を差し伸べ、なるべく優しく微笑んでみせる。

「ここにはいないかもだけど、この先には魔物がいっぱいいるよ。向こうへ行っちゃダメ」

さっき、レーダーを広げた時に気付いていた。この先に、夥《おびただ》しい数の魔物がいることを。

ここらに魔物がいないのは、消えたわけじゃない、集まってるんだ。

「そんなわけない！　この先には――」

言いかけた少年が、ぱっと自分の口を塞いだ。

「何か知ってるの⁉　ねえ、なんでもいい、知っていることを教えて！　大丈夫、オレは怖い人じゃないよ！　村の冒険者さんと来てるんだよ！」

「お前みたいなチビが怖いわけないだろ！」

間髪入れずに言い返されて、ショックを隠しきれない。そうか、それもそうか……打ちひしがれるオレを尻目《しりめ》に、そっと駆け出そうとした少年の裾を掴んだ。

「離せ！　魔物なんかいるはずない。いるはずない！」

必死に首を振る様子に、ハッとする。そうか、魔物に気を取られて気付かなかったけど、もし捕らえられた村人たちがそこにいたら……。オレは慌ててレーダーを先へと広げてみた。

『戻ったぞ』

小サイズで飛びついてきたチャトを抱きとめ、息を切らして走ってくる2人にホッと安堵の息を吐く。

「ユータ、急にいなくなってどうしたんだよ？」

「心配したよ～。あれ？　その子は？」

やっぱり、2人に幻惑にかかった自覚はないみたい。

『ただいま～』

ダートさんたちを乗せたシロも戻ってきた。どうやらいずれの2人組も、真っ直ぐ走っていたのにオレがいつの間にかいなくなったと思ったらしい。実際は、4人ともかなり急に道筋を逸れて走っていったのだけど。

『私は道が逸れたのは分からなかったわ。スライムじゃあ抵抗できないのかしら』

『スオーは、どうして違う方へ行くのか分からなかった』

蘇芳はこう見えて割と高位の幻獣だから、幻惑が効かないんだろうか。それともカーバンクルだからだろうか。

「2人はムゥちゃんの葉っぱ使ってる？　とりあえずこの先に行くなら口へ入れておいて！」

そういえば、と葉っぱを2人が口へ含んだのを見届け、ダートさんたちに向き直った。

「お前たちに関係ないだろ、離せ！」

『だって、離したら1人で行っちゃうでしょ？　危ないよ？』

お守りを頼んだシロが困っている。元気なのはいいけれど、お話ができる状況じゃなさそう。

「この子、村の子でしょう？　何か知ってるかもしれないから、お話ししてみて！」

部外者より顔見知りの方がいいだろう。小さな村だもの、顔くらいは見たことあるはずだ。

ところが、言われた2人はきょとんとオレを見る。

「え、お前らの友達じゃねえの？」

「見たことないわ。村の子じゃないわよ」

今度はオレの方がぽかんとする番だ。そんなはずない、だって近辺にはあの村しかないし、この子はどう見たって冒険者の装いじゃない。元はちゃんとした服であったろう衣装は着古されて褪《あ》せ、フードに隠れた顔は薄汚れ、貧しい家の子であろうことが窺える。

「じゃ、じゃあ。君はどこの子なの……？」

フードの中を覗き込むと、ふいと視線を避けられた。

「そいつが誰でもいい、村の皆はどこだ!? 知ってるなら話せ！」

ダートさんの剣幕に、少年がビクリと肩を揺らす。スーリアさんがたしなめるように大きな体を小突いて、しゃがみ込んだ。

「ねえ、私たちの友達や家族もいるのよ。何か知っているの？」

俯いた子の表情は分からないけれど、逡巡する気配が伝わってくる。だけど、悠長にもしていられない。ひとまずレーダーで視《み》た人たちの状況を確認しておかなきゃいけない。

「オレ、ちょっとこの先を見に行ってくる！　タクト、ラキ、ここをお願い。チャトと行くから大丈夫だよ。スーリアさんたちはその子に話を聞いていて！」

「おい……！」

きっと、大丈夫。たくさんの人の反応がある。だけど、それが村人なのかどうか、オレには分からない。そして、もう一つ。周囲を囲むように魔物が群れを成している意味も分からない。

任せろ、と片手を上げた2人ににっこり笑って背を向けた。

「チャト、飛んで！」

抱いたチャトをふわっと宙へ放つと、その体がぐんと大きくなった。驚愕の声が聞こえた気がするけれど、構っていられない。

『行くぞ』

「うん！」

軽やかに幹を駆け、枝を蹴り、樹上へ飛び出したチャトが翼を広げた。

「……ねえ、どうしようか。もし、あの数の魔物が一斉に襲ってきたら。それに……」

オレは空の上で1人、ふわふわしたオレンジの毛並みに顎を埋めた。いざとなったら……いざとなったら……。

——ユータ。心配いらないの、ひと思いにやってもいいなら、ラピスがやるの。

ぽん、と目の前に飛び出したラピスが、群青の瞳でオレを見た。

——魔物なんて、へっちゃらなの。ラピス部隊ぜんいんぜんめいのフゥルスイングを見せてあげるの！　森ごとゼロに戻してあげるの！

熱く輝く瞳を見つめながら、考える。全員全命……？　合ってるような、合ってないような。

多分だけど、全身全霊《ぜんしんぜんれい》じゃない？

『主ぃ、突っ込むのはそこじゃないぜ！』

ぺちぺちと頬を叩く小さな手にハッとする。うん、そこじゃなかった。

「ら、ラピス、ありがとう。本当に本当の絶対に絶命な時はお願いするけど……ひとまずフルスイングは取っておいて。森をゼロにはしないで欲しいな……」

ラピス部隊、すごい力を持っているのに使いどころが……。本当に、過ぎたるは及ばざるがごとし。スプーンが欲しい場面でショベルカーを出されてもどうにも……。

いつの間にか、強ばっていた顎の力が抜けていることに気付いて、ふわりと笑ったのだった。


「うわ、うわぁ……」

眼下で数多の魔物が右往左往する、異様な光景に身震いする。魔物同士が喰らい合う悲鳴が、あちこちで響いていた。

魔物が集まる方へ、人の反応がある方へ飛んでしばらく、魔物が目視できるところまでやってきた。空を飛ぶ魔物もいないではないけれど、この高度を飛ぶものはいない。

「これ、もしかして」

近づくにつれ、覚えのある微かな感覚に眉根を寄せた。知らなければ気付かないくらいの気配、だけど、こう何度も経験すれば敏感にもなる。

「魔寄せ？　ううん、呪晶石かな。でも……」

魔物が集まるのは、きっとそのせい。なぜか、はあとだ。とにかく、そこにきっと呪晶石があって、魔物が寄ってきている。漂う禍々《まがまが》しい気配の中、オレはレーダーで視た不思議な光景を探して目を凝らした。魔物の群れの真ん中に、ぽかりと空いた小さな安全地帯。小型の体育館程度の空間に、たくさんの人の気配があった。

だから、村人が要塞の中にでも立て籠《こ》もっているのかと思っていたのだけれど、建物など見当たらない。人も、見当たらない。

『見ろ』

「あっ……!!」

チャトが顎をしゃくった先に、動くものが見えた。同時に、強い魔法の気配を感じる。

村人の姿が見えないけれど、おそらく地面に穴があるので土魔法で地下壕《ちかごう》みたいなものを作ってあるのだろう。穴の周囲に数名の小柄な人影があった。

と、中央に佇んでいた小さな人物が、ふらりと体勢を崩した。途端にあの『嫌な感じ』がぐんと強くなる。魔物の意識が一斉にそちらを向くのが分かった。

危ない、と思ったと同時に、その人が足を踏ん張って上を向く。きっと、向こうからはチャトしか見えなかったろう。だけど、オレは歯を食いしばった彼女と目が合った気がした。

＊＊＊＊＊

「――お願い、あなたに危害を加えたりしないわ。ただ村の人たちを助けたいだけなの」

何度目かのスーリアの懇願《こんがん》に、フードの下から小さな声が漏れた。

「みんな無事、なはず。俺たちだって……悪いことはしていない」

どこか言い訳がましい口調に皆が違和感を覚えた時、ダートがハッと顔を上げた。

「そうだ、お前らの格好、どこかで見たと思ったんだ。お前、孤児《こじ》連中の1人だろう？　子どもばかりだからって食い物を渡していた村の奴もいたはずだ！　お前の仲間はどこ行った？　何を知ってるんだ⁉」

大きな男に詰め寄られ、思わず後ずさった少年を逃すまいと、ダートがその腕を掴んで引き寄せた。弾みでフードが脱げ、あっと目を見開いた少年と、ダートの視線がかち合った。

「ちょっと、ダート！　乱暴な――」

「お、お前っ⁉」

ダートが大仰《おおぎょう》に驚いて手を離した時、樹上から小さな影が降ってきた。

「ねえ、モモ！　一緒に来て！」

着地するなり駆け寄ったユータが、モモに手を伸ばす。

「ユータ、何かあったか⁉」

「うん……！　人がいる。だけど、魔物も！　あの子はどこ？　聞きたいことがあるんだ！」

え、と視線を走らせた面々が顔を見合わせる。今ここにいた少年は、忽然《こつぜん》と姿を消していた。

「ああ！　向こうへ行っちゃってる！　追いかけなきゃ！」

レーダーで視たのだろう台詞に、ラキとタクトも頷いて駆け出した。

＊＊＊＊＊

「待て、危険だ！」

走り出そうとしたオレの腕が、がっちりと捕まえられてしまう。

「だから、早く連れ戻さなきゃ！　あっちには魔物がいるの！」

「そうよ、ダートどうしたの？　行くわよ！」

大きな体を見上げると、ダートさんはイヤイヤするように首を振った。

「違う！　そうじゃねえ、危ねえのはあいつだ！」

「そう言ってるじゃない！　あの子が魔物に襲われる前に止めなきゃ」

だけど、首を振ってもどかしそうにする。揺れる表情に、ハッとしてその目を見つめた。

「……もしかして、見たの？」

フードを被っていたのに。少年も気をつけていたようだったのに。オレの台詞に、ダートさんが目を見開いて食ってかかった。

「お前っ！　知ってたのか⁉　やっぱりあいつらが元凶《げんきょう》なのか？　どういうことなんだ！」

「何も知らないよ。だけど、きっと村の人を傷つけたりはしないんじゃないかな」

だって、あんなに限界まで力を振り絞っているんだもの。彼女が張ったシールドがなければ、村人はひとたまりもなかったはず。意識がもうろうとするまで魔力を使う感覚、オレには分かる。オレの脳裏には、血の滲むほど歯を食いしばり踏ん張った姿が焼きついていた。そして、その高潔な瞳が、美しい紫色であったことも。

「なんでそんなことが分かる？　お前も見たのか？　目が、目が紫だったぞ！　魔族だ！」

混乱した様子のダートさんは、どこか縋るようにオレを見た。

「それは、知ってる」

にこっと微笑むと、虚を突かれたように腕の力が弱まった。すかさず振り切り、ラキたちのあとを追って走り出す。いいよ、代わりにオレが行くから大丈夫！　魔族が怖いのはしょうがないもの。だって会ったことないんでしょう？

チャトに乗って間もなく、走る２人の背中が見えた。

「あれ、シロは？　あの子は？」

息を切らして振り返った２人が、ばつの悪そうな顔をする。

「悪い、幻惑じゃねえかな。急にシロとあいつを見失った」

「甘いニオイがしたよ～。葉っぱを口に入れたんだけど、ちょっと遅かったみたい～」

シロがいるなら、きっと大丈夫だろう。魔物の心配もない。だけど、幻惑……？

「急ごうぜ！　こっちでいいんだろ？」

「うん……！」

事情も分からないし、まずはあの子から話を聞くのが先決だろうか。でも……彼女のシールドは保《も》つだろうか。追うべきか、先へ行くべきか逡巡していると、ぽんと頭に手が乗った。

「あの子を追いかけるなら、僕たちにできるよ～。今度はほら、ムゥちゃんの葉っぱもね～」

葉っぱを咥えたラキが微笑み、振り返ったタクトもにやっとしてみせる。

「じゃあ、お願いできる？　でも、あのね、あの子……魔族かも」

「分かった！　敵だったら気ぃつけるぜ！」

「なるほどね、了解〜」

呆気ないほど簡単に受け入れた2人に、一瞬きょとんとする。

「ユータが、魔族もヴァンパイアも人と同じって言ったよ〜」

ラキがくすっと笑う。

……言ったけど。だけど。何を言う間もなく、2人は片手を上げて走り去っていく。

「……ありがとう」

曇天《どんてん》の空へ舞い上がりながら、オレは小さな胸の内がほこほこと温かいのを感じていた。

「モモ、あそこ！」

『本当だわ、シールドがある。けれど、大して強くないわよ』

再び魔物の群れを越え、シールドがまだ保たれていることに安堵した。

「うん、魔物がシールドを壊そうとはしないみたいなんだ」

もし、たとえゴブリンであってもいくらか集まってシールドに攻撃を加えたら、きっと保たないだろう儚いシールド。だけど、確かに今、匿《かくま》うみんなを守っている砦《とりで》。

「これ、どうやって中に入ろう……」

上空を旋回しながら途方に暮れた。シールドがある以上、こっそりなんて無理だ。受け入れてもらえば入れるのだろうけど……そもそも彼女たちが本当の意味で味方なのかどうか分からない。今分かるのは、自分たちだけでなく村人も守っているということだけ。

『もう壊しちゃったら？　すぐ外側に私がシールドを張っておけば――まずいわねっ！』

――なんの前触れもなく。揺らめいた儚い砦は、まるでシャボン玉のように……消えた。

『内側から一気に広げるわよ！』

悲鳴が聞こえる。真下を向いたチャトが、翼を畳《たた》んで落下よりも速く急降下する。垂直から水平へ姿勢が安定した瞬間、両手を上げた。

「シールド！」

オレたちを中心に、波紋《はもん》が広がるようにシールドが拡大していく。完成したシールドは、先ほどまでよりやや内側へ侵食《しんしょく》を許したものの、迫る魔物たちを見事弾き返した。

阻《はば》まれた魔物たちの怨嗟《えんさ》の咆哮《ほうこう》が、幾重にも重なって森へ響き渡る。だけど『城壁』に学んだオレとモモのシールドだ。そんじょそこらの魔物に負けたりしない。濃くなった『嫌な気配』に顔をしかめつつ、ひとまず間に合ったことにホッと肩の力を抜いた。

「……お前、誰だっ⁉」

鋭い声に振り向くと、数人の子どもたちがこちらを睨んでいた。しゃがみ込む1人が抱えているのは、あの少女だろう。咄嗟に駆け寄ろうとした時、1人がパッと何かを撒いた。途端に漂う覚えのある香りに、思わず足を止める。

「それ……何？　どうして撒いたの？　ねえ、話を聞かせてくれない？」

「なっ⁉　お前、何者だ⁉　なぜ効かない⁉」

慌てふためいた少年が後ずさり、代わって他の数名が杖を構えた。あの少年と似たような出で立ち、そして――魔族の瞳。彼ら自身も十分に戦闘をこなせるからだろうか。オレが幼いからといって、油断はしてくれないようだ。

「シールドを張ったよ。しばらくは大丈夫。オレ、回復できるからその子を見せてくれない？」

再び問いかけてみるけれど、返答はない。むしろ少女を隠すように周囲を固められてしまった。とてもじゃないけれど、友好的にとはいかないようだ。おそらく魔力切れと疲労で意識を失ったのだろうから、すぐさま命がどうこうというわけではないだろう。ひとまずそっとしておくしかない。

「じゃあ、オレあっちで浄化《じょうか》するからね。何も悪いことしないよ」

そろり、そろりと離れると、たくさんの視線が追ってくる。オレがシールドを張ったと言ってあるし、いきなり攻撃されることはないだろう。気が滅入るような、もはや馴染みになったあの嫌な気配。オレはふう、と息を吐いてその発生源へと歩を進めた。

「やっぱり、呪晶石」

魔物がいる場所で、呪晶石が転がっているなんておかしな話だ。すぐさま取り込もうとするだろうに。魔物たちがここまで集まってくるのは、間違いなくこれのせい。浄化してしまえば、散開していくだろう。

「あいつの仲間か！　やめろ、何をする！」

おお、さすが魔族。躱した石つぶては、学校の生徒とは比較にならない精度と威力だ。それでも石つぶてを選んだあたりに、彼らの迷いを感じる。

「だから、浄化するって言ったよ！　見てて！」

シュシュシュ、シュッシュ！　浄化浄化～！　見てて、と言ったのはオレだけど、失敗だったかもしれない。浄化スプレーを振りまくちょっぴりシュールな光景に、少々頬が熱くなる。

「魔素が……澄んでいく」

おや、分かる子もいるみたい。なるほど、そういう表現になるんだな。

「ね？　これでちょっと魔物も減るんじゃないかな。お話、聞かせてくれる？」

にこっと微笑んでみせると、戦闘の構えは解いてくれたみたい。ただ、こちらを見る瞳は相変わらず厳しいままだ。

「……ミラゼア様の判断次第だ」

ちら、と視線を走らせた先は、力なく横たわる少女。ミラゼア『様』？　もしかして、少女は魔族のお嬢様なのかもしれない。

「だったら、魔力は無理だけどせめて回復を――」

「寄るな！」

にべもなく言い切られ、途方に暮れる。このまま彼女の目覚めを待つしかないのだろうか。

「ねえ、その下にいるのは村の人？　そっちに行っ――」

「寄るなと言った！」

じゃあ、そこ退いてよ！　何もかも遮られ、憤慨して頬を膨らませた。地下壕への入り口を阻むように彼らがたむろっているせいで、そちらへも行けない。多分、守っているつもりなのだろうけど。うう、八方塞がり。これがオレたちと魔族の間の溝だろうか。

『だけど、そもそも幼児に事情を伝えようとは思わないんじゃないかしら』

……それは、まあ確かにそうだ。そうか、じゃあ大人の適任者を呼んでくればいいんだ。

浮かんだ人物に、これ以上の適任はいないと膝を打った。だってこれから魔物が散開したとて、ゼロにはならないもの。森の中を子どもと村人を引き連れて安全に移動なんて無理だ。

あの人なら諸々の問題をきっとクリアしてくれる……はず。

「ねえ、オレちょっと出てくるね。シールドはこのモモが維持してくれるから大丈夫だよ」

彼らが何か言うのも構わず、オレはモモとラピス部隊を残して空の上へと飛び立った。

6章　適任者

　さて、問題はどこにいるかだ。ひとまず上空まで来たところで転移する。オレの転移でみんなを連れていけたらいいんだけど、他人を連れていくのに向いていないみたいだし、１人……もしくは２人が限度だろう。

「それに、全く知らない人を連れていくのは難しいような……気がする」

　一旦ロクサレンの自室へ転移して、例の召喚呪文を口にする。

「マリーさーん」

　きっと、呪文を唱《とな》えなくても来てくれそうな気がするけど、唱えると秒で来て――ほら。

「おかえりなさいませっ！　お呼びでしたねっ⁉」

　満面の笑みで飛び込んできたマリーさんに抱き上げられる。一体全体どうなっているのか疑問は尽きないけれど、きっとAランクだからだ。

「ただいま！　でもね、すぐに出なきゃいけないの」

　すべすべしたほっぺで頬ずりされつつ、ゆっくりしてはいられないと釘を刺す。

「そうですか……。ですが、お呼びになったということは、このマリー自身にご用事が⁉」

さあ何でもどうぞ！　と言わんばかりの笑みに、少々言い淀んで視線を彷徨わせた。

「どうしました？　ユータ様のお願いとあらば、ドラゴンだって撲殺《ぼくさつ》して参りますが？」

曇りなき純粋な瞳でそんなことを言わないで欲しい。だけど、それならお願いしても大丈夫だろうか。

「あのね、その……呼んで欲しいんだ。えっと……アッゼさんを」

ドラゴンを撲殺するよりずっと簡単なはずなのに、マリーさんはウッと顔をしかめた。

「ユータ様？　お願いはそのようなことなのですか？　他には……？　分かりました、誰か他で代用しましょう。似たような者はどこにでもいるでしょう」

いないよ！　割と特殊な人だよ!?　そもそも代用可能な人間なんて普通いないよ!?

頑《かたく》なに首を振るオレに、マリーさんは困った顔をする。

「おねがい……！　ちょっと呼ぶだけ！　すぐにオレが連れていくから！」

きゅっとしがみつくと、真摯《しんし》な瞳で見上げた。だって、マリーさんが呼べばきっと来るよ。

遠距離転移の魔族だもの、それ以外に探す方法がない。

でれっと笑み崩れたマリーさんに、ここぞとばかりに瞳に力を込めたのだった。

「――いいですか？　１回だけですからね？」

もう何回目かになる問いかけに、神妙に頷いた。そんなに嫌がらなくても……きっと喜んでくれるだろうに。

ため息をひとつ吐いて、マリーさんは覚悟を決めるように半眼で腕組みをした。ちらりと寄越した視線に、勢いよく頷いてみせる。

「………アッゼ。ここへ来──」

ヒュ、と風を切る音を立ててマリーさんの姿がブレた。

「マリーちゃんっ!! 愛《いと》しのアッゼさんですよ!!」

最初からそこにいたかのように現れた彼の両腕が、空《くう》を抱きしめた。マリーさんはと言えば既にオレの後ろにいる。短距離転移もかくやという速度……ある意味、息ぴったりだね。割とお似合いじゃないかと思うんだけど。

「嬉しいぜ……! 俺の名前、ちゃんと覚えていてくれたんだね!? マリーちゃんが俺の名前を呼んでくれるなんて──」

「ユータ様のお願いを、断るわけにはいきませんから」

素《そ》っ気《け》ない台詞にも、アッゼさんはぴかぴかの笑顔だ。名前を覚えられていないかもレベルだったんだ……不憫。

「あの、アッゼさんにお願いがあって」

マリーさんとの時間を邪魔して申し訳ないけれど、オレも急いでいる。

「いいぜ！　お前のおかげでマリーちゃんから『アッゼ♡』なんて甘い声が聞けちゃったからな！　目視できる距離まで安全に来られたし!!　今日の俺はなんでも聞いてやるぜ！」

存外にご機嫌なアッゼさんがちらちらとマリーさんを視界に入れながら胸を叩いてみせた。

甘い……？　オレには苦みしか感じられなかったけど、大人の味覚とは違うのかもしれない。

「じゃあ、今すぐ一緒に来て!!」

オレはがしりとその腕を捕まえると、マリーさんへの挨拶もそこそこに再び森へと転移した。

「うえっ……お前、これはやめろってぇぇぇー!?」

アッゼさんがいると途端に騒がしい。森の上空へと転移して、オレはチャトに乗ったものの、アッゼさんは乗れない。そのことをすっかり忘れていた。

その、ごめん。悲鳴と共に落下していくアッゼさんを無言で見送って頭を掻いた。

「お、お前っ！　呑気に見送ってんじゃねえよ！　手ぇ伸ばすとか！　そいつで追いかけるとか！　色々あるだろ！」

どこに落ちたかと眼下を覗き込んだところで、上から声が降ってきた。アッゼさんは、まるで分身の術みたいに目まぐるしく転移しながら、空中に在り続けている。

「だって、アッゼさんなら大丈夫でしょう。チャトはオレ以外を乗せないの」

ついでにチャトはラピス並みに他人へ興味を持っていないので、助けに行くような心がけがあるはずもない。オレの召喚獣たちの中で、積極的に助けてくれるのはシロとモモくらいだろう。

「……で、どうしたっつうの？　すげー魔物いるけど、まさか全部倒せとか言わないよな？

アッゼさん、できなくはねえけど、やりたくもねえよ？」

いきなり現れると逆効果だろうと、オレたちは少し離れた場所に着地した。

「ううん。全部倒すだけならオレ（ラピス）にもできると思う。……森もなくなるけど」

「できんのかよ!!」

オレじゃないよ、ラピスたちだけどね。

「アッゼさんじゃなきゃダメだったのはね――」

大人で、一応きちんとお話ができる魔族の知り合いはアッゼさんしかいない。スモークさん
じゃあ……まとまるものもまとまらない。

「――ちょっと待て、シールドを張る女の子？　髪色は？　いくつぐらいだ？」

「ええ？　どうだったかな。オレより大きくて、10歳くらいかな？　薄い色の髪だったと思う
けど……もしかして知ってる子？」

「そりゃ淡い色だろ、純血の魔族は髪色の淡い奴が多いからな。そんな規模のシールドを張っ
て維持できる10歳なんて、魔族にだってそうそういねえよ。……二等星《にとうせい》のギィルワルド家だろ
うな、詳しくは知らねえけど、一時騒動があったと思うぜ」

二等星って階級だろうか。なんにせよそんなお嬢様が護衛もつけずにこんなところに？　やっぱり、アッゼさんを連れてきてよかった。多少なりとも魔族の事情に通じている人がいると違う。

「やっぱりお嬢様だったんだね。とにかく、ちっともオレの話は聞いてくれないから、アッゼさんにお話ししてもらいたくて！　アッゼさんなら国に連れて帰ることもできるでしょう？」

「まあな、アッゼさんならな！」

「なら――」

行こう、と続けようとした瞬間、ハッと視線を巡らせた。何も理解しないまま、体が瞬時に戦闘モードに切り替わる。アッゼさんが険《けわ》しい瞳を向けた。

「シールドは、保つんだろうな⁉」

「大丈夫！　モモがいるから！」

アッゼさんがオレを引っつかんだと同時に、離れた場所で聞こえた衝撃音が――すぐさま耳をつんざく間近な音に切り替わった。眼下ではもうもうと土煙《つちけむり》が上がり、集まっていた魔物が逃げ惑っている。断続的に続く衝撃音、草木がなぎ倒される音。そして魔物の悲鳴と足音。雑多な騒音の中で、ヒョウと鋭く風を切り裂く音だけが、やけに耳についた。

「モモ！」

『任せなさい！　まだ大丈夫よ！』

頼れる応えに思わず安堵で涙が浮かぶ。空気まで振動するような衝撃が再びシールドを襲い、魔力が揺らめくのを感じる。

けれど……宣言通り、猛攻を三度《みたび》受け切ってシールドはそこにあった。

――集中するの！　一点突破!!　ひねり潰してやるの！

ラピス部隊の反撃が始まった。不釣り合いな台詞は、ガウロ様のものだろうか。

「行こう！」

アッゼさんを引っ張り、この隙に一気にシールドを抜けてモモたちのところへ走る。

「モモ！　大丈夫!?　他の子は……」

魔族の子たちが地下壕付近で身を寄せ合っているのを確認し、ひとまず安堵する。

この騒ぎでも、お嬢様の意識は戻っていないみたい。魔力が回復するまでは難しそうだ。

『大丈夫よ、今はね!!』

ぽんと腕の中へ飛び込んできたモモが、くたりと扁平《へんぺい》になった。

「ありがとう……よかった、モモがいて」

『どういたしまして。だけど、ずっとは保たないわ。全く、特訓に付き合ってくれたバルケリオス様に感謝ね！　男の方でよかったわ。あの女だったら、今の私でも無理よ』

付き合っていたのはモモの方だと思うけど、結果オーライだ。

オレはキッとシールドの向こうを睨みつける。どうして、こう何度も遭遇するのだろう。もし、もしあの人もいたら……絶対に勝てない。

舞い上がった土煙の向こうで、空気を切り裂く鋭い音がする。視界の端々《はしばし》に赤い稲妻《いなづま》が走った。マシンガンもかくやという管狐部隊の魔法乱れ打ちに、土煙の収まる気配がない。一点突破するつもりがあるのかどうか、四方八方で派手な破壊音が響き渡った。

緊迫する戦闘の中、ラピスの声が響く。

——ぴよっこが！　そんな大ぶりで当たるわけないの！

脳裏に『ピヨ？』と小首を傾げるひよこが浮かんで、膝の力が抜けた。違う……ほんの些細な違いだけど圧倒的に違う……。啖呵は間違うとすごく、すごく……残念。

だけど、そんな啖呵が切れるくらい相手との相性は悪くない。そりゃあ、鞭《むち》であの小さなラピス部隊を狙うなんて無理な話だ。

「なんだ、アイツ……？　こいつらを狙ってんのか!?」

アッゼさんが魔族の子たちを視界に収め、シールドの向こうへ鋭い視線をやった。

「わかんない……！　だけど、前は子どもを攫って魔力を——そうか、魔力を奪うためかも！」

魔族なら、普通の子よりもずっと魔力が高い。その分、リスクも段違いだろうけど。

「魔族の子を、攫う……？」

紫の瞳に、見たことのない冷たい炎が灯る。思わずぞくりと怖気《おぞけ》が走って、歯を食いしばった。ハッとしたアッゼさんが、目を閉じて深呼吸する。

次に開いた瞳は、いつものように落ち着いた深い色を湛《たた》え、軽い調子でへらりと笑った。

ぽん、とオレの頭に手を置いてから、彼は警戒心丸出しの子どもたちへ歩み寄っていく。

「よう、ちびっ子たち。お前ら、なんでこんなところにいるんだ？」

注目を促すように髪を掻き上げ、戦闘音などないもののように、気の抜けた笑みを浮かべる。

「ま、ぞく……！」

「おう、生粋《きっすい》の５つ星魔族さんだぜ？　お前らがワルイ子じゃなければ、星の助けってやつだ」

「５つ、星……!?」

目を見開いた少年たちが、へたりと座り込んだ。紫の瞳に見る間に涙が盛り上がり、ほろほろと溢れ出していく。

ああ、どれほど不安で心細かったろうか。知らず、オレの目にも涙が浮かんだ。

「ちびっ子のくせに、よく頑張ったじゃねえか。ここからはオトナのアッゼさんに任せな？

それと、あっちのオムツが外れたばっかりのちびっ子。あれな、常識外のトンデモ仕様だから、頼って大丈夫だぞ」

……あんまりな言いように倍ほどに頬を膨らませてふて腐《くさ》れたものの、仕方ない。こちらへ向けられた視線に、こくりと頷いてみせる。

「それで、襲ってきたあの男は――」

『ゆーた!!　大丈夫!?』

「え、シロ？」

突然の声に驚いた直後、シールド内へ白銀の閃光《せんこう》が滑り込んできた。

「うおおぉ!?」

射出《しゃしゅつ》される勢いでその背中から弾き出され、タクトは空中でくるっと回って木を足がかりに着地を決める。その両脇にラキと少年が抱えられているのを見て、ホッと胸を撫で下ろした。

「シロ、どうしたの？」

『よかった。あの赤い鞭の人のニオイがしたから、来ちゃったんだ。みんなを置いていくのも危ないと思って、連れてきちゃった……ごめんね』

シロはぺたりと耳を伏せ、鼻を鳴らして垂れたしっぽを揺らした。置いていくのも、連れて行くのも危険。逡巡した末に、堪らず駆けつけたらしいシロをそっと撫でた。

少年は魔族の子たちがいるところにいた方がいいだろうし、まとまっている方が守りやすい。結果的にこれでよかったよ。シロの首を抱きしめ、存分にありがとうを伝えておく。

「あ〜〜〜死ぬかと思った〜。……あの魔族の人って確か〜？」

ラキが、ふらふらしながら立ち上がった。少年の方はまだ目を回して座り込んでいる。ちらりとアッゼさんに走らせた視線に、にっこり笑ってみせた。

「うん！　ロクサレンでラキの的《まと》になってた人！　へたれで情けないけど案外強いんだよ！」

「お前っ！　その紹介はなんで必要だと思ったんだ⁉」

ほっぺを引っ張られながら、不敵に笑う。これでおあいこだよ。

「ミ、ミラゼア、様っ⁉」

連れてきた少年が、よたよたと覚束《おぼつか》ない足取りで仲間の元へ駆け寄った。

「リンゼ⁉　生きていたのか！」

「そんなことよりっ……」

輪の中心で守られた彼女は、やはりミラゼア様と言うらしい。

「大丈夫、魔力が切れただけだ。いくらミラゼア様でも、無茶がすぎる」

ミラゼア様の無事を確かめ、リンゼと呼ばれた少年はホッと安堵の表情を見せた。

「ミラゼア、リンゼ……じゃあ、ジノア、メルデル、ガーノ……なんかもいるってわけ？」

ビクッと肩を震わせ、少年たちが一斉にアッゼさんを見上げた。

「アッゼさん、知ってるの？」

「知らねえ～。けど、名前は有名だからなあ。そうだろ？　防衛一族の優秀なお子様方？」

視線を逸らせたのは、肯定の証だろう。

『ユータ、のんびりしてないでラピスを止めないと、森がクレーターになるわよ！』

ラピス部隊の猛攻のおかげで時間が稼《かせ》げたものの、さっきから轟く地響きは止《とど》まることを知らない。だけど、今止めるとモモのシールドへ攻撃が再開されてしまう。

――ユータ、やっぱり変なの！　すぐに元通りになるの！

優勢だと思っていたラピスから、悔しげな声が届いた。元通り……やっぱり、強力な回復手段を持っているってことだろうか。

風を切る鞭の音が止み、土煙が消えていく。油断なく取り囲んだラピス部隊とのしばしの睨み合いの最中、射殺さんばかりの赤い瞳がオレを捉えた。

「――鬱陶《うっとう》しい!!　なんでてめえがそこにいる！　忌々《いまいま》しい、忌々しいガキが！」

火を吐くような台詞にも、もう、怖がったりしない。オレは腹に力を入れ、負けじと睨み返した。随分な血濡《ちぬ》れのボロをまとっているけれど、覗く肌に傷はない。負けないけど、勝てない。大雑把《おおざっぱ》なラピス部隊の攻撃では回復されてしまい、膠着《こうちゃく》状態にあるようだ。

だけど、この子たちを逃がすだけの時間を稼げれば……!!

「ねえアッゼさん！　この子たちを連れて逃げられる？」

オレの台詞に、彼らが目を見張ってアッゼさんを見つめた。

「全員いっぺんには、さすがのアッゼさんも無理だ。それより……お前ら、あの男のことを知ってるのか？　コトと次第によっちゃあ逃げるよりも――」

細い縦の瞳孔《どうこう》がさらに細くなり、不穏な気配が漂う。

「知ってる！」

睨みつけるようにアッゼさんを見据え、リンゼが声を上げた。

「あいつだ。あいつが、魔物に村を襲わせようとした！　あの呪晶石、きっとあいつが持ってる！　早くなんとかしないと、すごい数の魔物が集まってきてるんだ！」

既に呪晶石を浄化したと知らないリンゼが、アッゼさんと仲間へ必死に訴えかけている。

村を襲わせる……？　村人を攫うではなく？　それでは魔力を集める目的にそぐわない。引っかかりを覚えて、眉根を寄せた。

「へえ？　ユータが言ってた呪晶石は、あいつが？　ひとまず、敵ってことで間違いねえな。もし、攫ったのがお前なら――」

ぱ、と電気を消したようにアッゼさんの姿が消え、ドォンと派手な音が響いた。

「……覚悟することだな」

鞭の男と入れ替わるように。アッゼさんはさっきまで男がいた場所にいた。密着にも等しい距離からの攻撃魔法は、ひとたまりもなくあの男を吹っ飛ばしていたのだった。

「ふーん？　すげえ回復。普通じゃねえな……その鞭か？」

致命傷を受けながらのろのろと立ち上がる様に、アッゼさんが目を眇《すが》めて呟いた。

鞭が……？　鞭が回復を担うの？　そんな魔道具があるんだろうか。だとしても、規格外の能力すぎる。普通の人間だと何度冥府《めいふ》に行っているか知れない。

「あれ……？」

じっと彼を睨みつける中、違和感に気がついた。

「まだ呪晶石を持っている……わけじゃないよね？」

『どうして？　あの嫌な感じがするの？』

ぴたりとオレに寄り添ったシロが、小首を傾げた。

「うん……。前に王都で戦った時は、呪具《じゅぐ》の壺を持っていたからだと思ったけど」

そういえば、腰の剣も強力な呪具のはず。以前、解呪《かいじゅ》の蝶とトンボで対抗した時のことを思い出した。だけど呪具を持っていたあの時よりも、今の方が嫌な感じが強い。むしろ彼自身から嫌な感じが漂ってくるみたいに思える。それはまるで、穢れに侵《おか》されているような。

「……なんだてめえ。邪魔なんだよ！」

「俺？　素敵なアッゼさんだぜ？　お前こそなんだ。こいつらを攫ったのは、お前？」

ひゅん、と空気が歪む音がする。返答の代わりに唸《うな》りを上げた赤い鞭は、ばらりと無数に分かれて不規則な軌道《きどう》で迫る。目を細めたアッゼさんは後退すると同時に転移し、難なく数多の軌道をすり抜けた。が、鞭の男も既にその場にいない。

恐ろしく長い鞭の射程《しゃてい》はさらに的確に、転移するアッゼさんを追ってくる。

――ユータ、あのヒモ、前より頑丈なの。なかなか魔法が通らないの。

「アッゼさん気をつけて！　その鞭、すっごく硬い！」

不服そうなラピスの声に、思わずアッゼさんに声をかける。ラピスの魔法が通りにくいなら、きっとアッゼさんだって。ちら、とこちらを見た紫の瞳が不敵に笑った。

「そ？　硬くても柔《ヤワ》くても別にいいぜ？」

ひらひら、とオレに手を振った姿に余裕を見て取って、鞭の男が瞳を怒らせる。両手を合わせるように鞭を持ったかと思うと、思い切り腕を左右へ開いた。

『すごーい！　ふたつになったね！』

『お、俺様、カッコイイとか思ってない！　絶対思ってない！』

場違いに目を輝かせたシロと、若干狼狽《うろた》えたチュー助。力任せに引き割いたように見えた鞭は、どうしてか2つの鞭となって両手に握られていた。

大ぶりに振られた腕とは裏腹に、倍になった鞭は複雑に蠢いてアッゼさんを追う。転移を見越して各々タイミングをずらされた触手《しょくしゅ》に、今にも絡め取られるんじゃないかと鼓動が早くなる。魔法を撃たないのは、追い詰められているからじゃないんだろうか。

ぱぱぱ、とごく短距離の転移を繰り返して距離を取るアッゼさんに追いすがり、無数の鞭が鋼《はがね》の雨のように降り注ぐ。

転移した先にさえ待ち構えていた赤い弾幕《だんまく》のようなそれを見上げ、アッゼさんが口を開いた。

「なあ、お前さ――」

瞬きのあと、赤の瞳が見開かれた。額が触れんばかりの距離で見下ろすのは、紫の瞳。

「――俺と相性悪いよな」

咄嗟に振るおうとした腕は動かない。彼が掴まれた両腕に気付いたのは、激しい電撃音がしたあとだったろう。掴んだ両腕から直接叩き込まれた雷撃《らいげき》に、鞭の男は声もなく硬直した。

「強えー」

タクトの半ば呆れたような声が聞こえる。本当に、強い。知っていたつもりだったけど、こんなに強いんだ。

「手伝う暇もなかった……」

ゆっくりと倒れ伏す体を目で追って、詰めていた息を吐き出した。

――だけど、またきっと回復するの！

ラピスの声に呼応するように、鞭がピクリと動いた。次の瞬間、赤い触手は倒れた男を包み込むように周囲を覆う。それはまるで、赤い繭《まゆ》みたいだ。

「はあ？　無意識でも動くって、ズルくねえ？」

舌打ちしたアッゼさんが確かめるように炎を放ったけれど、案の定弾かれて傷一つつかない。

「何度回復されても負ける気はしねえけどさ、俺情報が欲しいんだよね。息の根止めちゃうわけにはいかねえし、これ詰んでねえ？」

繭への猛攻撃を始めたラピスを尻目に、アッゼさんが嘆息《たんそく》した。

「情報って何の？　この人が情報をくれるとは思えないけど……」

オレも、知りたい。どうして以前呪具を集めていたのか。魔力を集めるのは、本当に単なるエネルギーとして利用するためなのか。Aランクを超える実力を持っていたあの金髪の女が、そんな理由で犯罪を犯すだろうか。きっと、いくらでもお金なら稼げるだろうに。

「こいつが魔族を攫ったんだろ？　なら、まだいるはずだ。ちびっ子仲間が、な？」

向けられた視線に、魔族の子たちが何度も頷いた。

「遠征《えんせい》授業を狙われたんだ！　逃げられたのは俺たちだけ。だから、だから！」

「5つ星なら――！」

懇願を込めた眼差しに、アッゼさんが肩をすくめる。

「ま、俺はひとまずお前たちと情報を持って帰るぜ。あとのことは上の方々に任せな」

少年たちの顔に少々の落胆と、大きな安堵が広がった。

——集中ー!! もう一押しなの! 多分。

「「「きゅーっ!」」」

ラピス部隊の猛攻で再び周囲に土煙が舞っている。気合いの入った声と共に、バキリと軋む音が響いた。ハッと視線を動かした先で、空を切る赤い閃《ひらめ》きが見えた気がした。

「下がってな。にしても、すげーな、管狐ってのは」

アッゼさんはしっしとオレを追いやるように手を振った。この人相手なら、アッゼさんはきっと負けない。頷いて下がりつつ、声をかける。

「だけど、油断しないで! 最初に会った時はもう1人——」

ざわ、と体中の毛が逆立った気がした。

……見られている。ぎこちなく動かした視線の先。長い金髪が揺れ、その人形のような双眸《そうぼう》が貫くようにオレを見つめていた。

空中に浮かぶその整った姿は、いっそ神々《こうごう》しいくらいに恐ろしかった。

「ユータ、来い!」

タクトが動けなくなったオレを抱き込み、シールドの奥まで飛びすさった。そのまま2人の後ろへ隠され、強い眼差しが遮られる。

「これはさすがにちょっと……」

アッゼさんが宙に視線を固定したまま乾いた笑みを漏らす。その頬にたらりと汗が一筋流れたのが見えた。

金髪の女が何か呟こうとした時、視野の端に赤が掠めた。

「よそ見してんじゃねえぞ！」

死角から伸びてきた赤い鞭は、完全に視線を外していたアッゼさんを貫いたかに見えた。

「俺は今忙しいんだよ」

一瞬、本当に一瞬の攻防。またも男が敗北を喫して、側の木へ強か《したた》に全身を打ちつけた。

「……レミール、無駄《むだ》な時間」

呟くような声音に、激しく咳き込みながら鞭の男が飛び起きた。

「邪魔すんじゃねえ、俺が……ッ」

金髪の女が無造作に片手を上げ、その手には赤い鞭が握られて――

「モモ！」

周囲に影が落ちる。オレとモモ全力のシールドに、凄《すさ》まじい衝撃が走ったのを感じた。

「アッゼ――」

1人シールドの外にいたアッゼさんへ、ほとんど無意識に手を伸ばして。

「――さん!!　……え？」

唐突に周囲が明るくなって、空気が軽くなった。思わず拍子抜けてたたらを踏んでしまう。

「え？　どうなってるの？」

鞭の人たちがいないばかりか、森もない。

「まさか、転移!?」

振り返ると、魔族の子たちやラキとタクト、シールド内にいたみんながちゃんといた。

「アッゼさん!?　みんないっぺんに転移は無理だって――」

すごい、こんなに一度に転移できたんだ！　喜色満面でアッゼさんへ駆け寄ろうとした時、その長身は力なく崩れ落ちるところだった。

「……無理。もう無理。アッゼさん、を……ちょっと頼むわ」

かろうじてそれだけ言うと、アッゼさんは完全にまぶたを落として脱力した。

「アッゼさん!?　大丈夫!?」

慌てふためいたものの、確かに上下する胸に安堵する。多分、無理な転移をしてくれたせいだろう。ひとまず、アッゼさん含めみんなが無事でよかった。よかったけど……。

「あの、アッゼさん……ここどこ!?」

何もない平原を見回し、戸惑う魔族の子たちを振り返り、オレは途方に暮れて抱えたアッゼさんを見下ろした。

「これって幻惑じゃ、ないのか……？」

「これが、5つ星の力……」

魔族の子たちが、半ば呆然とアッゼさんを見つめている。やっぱり、魔族にとってもこれは常識外れらしい。

「本当にすごいよね。離れた位置にいる人まで転移できるんだ……」

オレは、1人分の転移だって手を繋いでいないと無理なのに。

「多分、条件はそう変わらないんじゃない～？　だって、ほら～」

ラキが示した先に、見覚えのない大きな土の塊があった。大型バスほどの大きさの土塊《つちくれ》は、森の中でだって否応なく目につくはずだけれど……こんなのあったっけ？

「……あっ⁉」

すっかり、忘れていた。村人たちのこと。確かに村人がそこにいることを感じて、冷や汗を拭った。アッゼさんがいてよかった……。オレ、村人を勘定《かんじょう》に入れてなかったもの。

「だけど、さっきまで村人がいたのって地下壕だったよね？　どうしてこんなことに？」

「だから、人を転移したんじゃなくて範囲丸ごとなんじゃない～？　地面ごと全部。地下壕部分が上に押し上げられちゃったみたいだね～」

「えええ!?」

範囲内、全部!?　言われてみればオレたちがいる地面は、少し離れた場所とは色が違う。咄嗟に細かい設定ができなかったんだろうと予想はできるけれど、けれど……。なんたる規格外、半端ないなあと抱えた端正《たんせい》な寝顔を見つめた。

「ところで村の人、生きてるんだよね～？　声もしないし、どうして出てこないのかな～？」

「魔物がいっぱいだったからじゃないの？」

何気なく魔族の子たちを見やると、ぎくりと視線を逸らしたようだった。

「……え？　大丈夫だよね？　怪我したりは……してなさそうだけど」

なのに、どうしてそんな居心地悪そうにするの？　とにかく、会ってみれば分かる話だ。もうオレたちが敵じゃないと分かったろうと、遠慮なく村人のいる場所へと歩み寄る。

「し、仕方ないだろう！　俺たちが何を言っても、聞いちゃもらえないだろうからな！」

間近を通り過ぎようとした時、突如魔族の子が声を張り上げた。

「ええ？　急にどうしたの？」

「いいさ、どうせ何言ったって信じねえよ」

もう1人の投げやりな台詞に、オレは首を捻るしかない。

「信じる信じないは別にして、とりあえず話してくれる？」

彼らは押し黙ってミラゼア様の方に視線を向けるけれど、彼女はまだ目覚めない。

「何があったか知らねえけどさ、ひとまず村の人たちと話をしようぜ！　まだ魔物がいると思ってるんなら、気の毒だろ」

いつの間にか側に来ていたタクトが、ひと飛びで土塊の上に飛び乗った。

「うおっ！」

あ……落ちた。タクトの姿が消え、同時にザラザラと内部で土の落ちる音がする。まあ、落下音は聞こえなかったからきちんと着地したんだろう。タクトだし大丈夫。

「ちょっとどいてろよ」

案の定内側から多少くぐもった声が聞こえ、察したオレがシールドを張る。直後、ドゴンと鈍い音と共に土の一部が破裂し、周囲に飛び散った。やっぱり、ちょっとどいたくらいじゃ全然ダメだったと思う。土塊の端に大穴が開き、日の光が差し込んだ。

「どう？　いる～？」

「あー……おう。いるにはいるけどよ」

歯切れの悪い返答に覗き込んでみれば、そこはまるで人形の工場みたいな有様《ありさま》だった。

薄暗い中、横たわった村人が、ところ狭しと寿司《すし》詰め状態で並べられている。１００人前後がシンと横たわる様は、皆生きていると知っていても不安に駆られる光景だ。

「生きてる……よな？」

「うん、眠ってるみたい。これも魔法なのかな？」

「眠らせたってこと～？　騒がれないし、僕たちにとっても好都合だね～」

確かに。ここで全員に起きて騒がれると収拾がつかなくなってしまう。

そうか……彼らなら、なおさら。

「みんな寝てるね。魔法なの？　村の人たちを助けてくれてありがとう！」

何はともあれ、まずはお礼を。そして、できれば事情を教えて欲しい。

オレたちが出てきた途端身構えた魔族の子たちが、戸惑って視線を交わしている。

「――なぜ、助けたと思ったんだ」

探るような表情に、思わず言葉に詰まった。

え？　まさか違……わないよね？　助けてくれたんだよね!?　なぜって……だって、そうとしか思っていなかったんだもの。ええと、根拠、根拠は。

「え～と、そうだ！　だって必死にシールドを張って守ってくれていたんだもの！　自分たちだけの範囲であれば、もう少し保ったはずなのに」

ほら、ちゃんと根拠はある。オレだって無条件に信用したりしないんだから。

「あとね、そのミラゼア様がシールドを維持しているところを見たの。村人に悪いことをする人の目じゃないって思ったから」

『主……それはどーよ？　コロッと騙されるヤツの典型パターンってやつだぜ！』

『それは、なんの根拠にもならないわねぇ』

そ、そんなことないよ！　徐々に魔力が枯渇《こかつ》していくって本当にしんどいんだから！　そう、あの時——土砂崩れに巻き込まれて徐々に視界が暗転していった時。あの感覚に似ている。

つまりは……死に向かう、あの時の。

だけど、失われていく力の中で、紫の瞳だけは爛々《らんらん》と強い意志に燃えていた。

「魔力が枯渇するまで使い果たす時に、大事だと思わない人まで守る余裕なんてないから」

だから、ミラゼア様はどんな理由にせよ、村人を大事だと思っていたはず。彼女の名前を出したからだろうか。魔族の子たちの表情が変わる。誇らしげに、涙を浮かべんばかりの微笑みが浮かんだ。そうやって君たちがあの子を大切に思っているから、信用できるって思うんだ。

「聞かせてよ、今までのこと、君たちのこと。だって時間、たっぷりありそうだから」

肩をすくめてくすっと笑うと、魔族の子たちに柔らかな苦笑が広がった。

「確かに、ここがどこか分からねえし、アッゼさんが起きるまで飯でも食ってようぜ」

「うん、シロの鼻でも分からないから、きっとオレたちが来たことのある場所じゃないと思う」

真面目《まじめ》な顔で言ったのに、タクトは呆れた視線を寄越した。

「当たり前だろ。行ったことある場所なら、俺でも分かるわ」

なんで分かるの!?　建物も何もないのに……。だけどいいよ、場所が分からなくてもオレは戻ることはできるんだから。とはいえ、オレだけ転移しても仕方ないし、あんまり大勢に転移を見られたくもない。やっぱりアッゼさんが起きるのを待つしかないかな。回路を繋いでオレの魔力を渡すことができるかもしれないけど……今現在危険がないなら、お試しでやっちゃいけないだろう。

「ねえ、魔力回復薬って持ってない？」

ダメで元々、と魔族の子たちに声をかけてみる。

「あったら、使ってないわけないだろ」

ちら、と視線を流した先にミラゼア様がいるのを見て、それもそうだと納得する。

「じゃあ、しばらくここで過ごすように環境を整えよっか！　その子もちゃんと寝かせてあげた方がいいでしょう？　ちょっと待っててね」

今回オレはほとんど戦闘に参加していないから、ここは頑張らねば！

ふん、と腕まくりすると、シールド内だった場所から少々離れて地面に手を着いた。やや赤茶けた土は、遠く離れた場所に来たことを思わせる。

「いくよっ！」

ズズ、と地面が振動《しんどう》し、魔族の子たちが何事かと立ち上がった。村の人たちがいるから、大きめに！　土壁を立ち上げながら、イメージを形にしていく。と言っても、ただの四角、何も難しいことはない。一応、魔物が来ても大丈夫なよう、普段より少し頑丈に仕上げておく。

「ふうっ……よし！」

あとは中の環境を整えれば、即席の山小屋レベルにはなるはず。

大型休憩所の出来上がりに満足しつつ中へ入り込むと、適当な場所に小さく窓を設け、がらんとした空間に仕切りを作っていく。村人たち、魔族の子たち、そしてオレたちの部屋。真ん中は共有スペースにして、魔族の子が出るにはここを通らないといけないようにしよう。

寝台《しんだい》は土で申し訳ないけど、せめて床より一段高くすればそれっぽいだろうか。村人は多すぎるので、ベッドより雑魚《ざこ》寝《ね》の方がいいだろう。いずれにせよ、さすがにこの人数分のお布団なんて持ってない。布やテーブルクロス類まで掻き集めれば、魔族の子たちの分はなんとかなるかな……。

「こういうこともあるから、お布団類はたくさん持っていた方がいいね。たくさんあって困るものでなし」

腕組みして頷くと、蘇芳とモモが半ば呆れた視線を向けた。

『たくさんあったら、フツー困る』

『こういうことは、普通ないのよ』

うっ……『普通』はそうなのかもしれないけど！　だけどほら、冒険者は普通では測れないところもあるでしょう。それに、オレの収納はいくらでも入りそうだもの。

「細かい部分は僕がやるよ～。あと、みんなの分の食器なんかも必要でしょ～？」

手持ち無沙汰《ぶさた》にしていたタクトがピクッと反応した。期待に満ちた目は、言わずもがな。

「うん！　じゃあ、村の人たちを運んだら、ごはんにしよっか！」

「やった！　行くぜシロ！　ほら、チャトも運んでくれよ～！」

『おれは行かない』

うつらうつらするチャトを諦《あきら》め、タクトとシロは喜び勇んで駆け出していった。あの分だとすぐに運び終えてくれるだろう。

「ねえ、ミラゼア様をこっちにどうぞ！　こっちが君たちのお部屋ね！」

入り口から顔を覗かせると、ぽかんとしていた魔族の子たちが慌てて立ち上がった。

「お前、魔族の血が入ってるのか？」

「入ってないよ！　オレ、魔力は多いみたいなんだ」

彼らはオレと休憩所を交互に見やりつつ、大人しく建物の中へと入っていった。

その訝しげな様子に首を傾げる。このくらいなら、やりすぎてはいないはずだと思う。特に、魔族なら朝飯前にできるんじゃないかな。アッゼさんみたいな規格外もいるのに。

「そうだね～。だけど、ユータはヒトで幼児だからね～。あとさっきまでシールド張ったりしてたでしょ～」

……そっか。室内から聞こえる『常識外って』『トンデモ仕様ってこれか……』みたいなひそひそ声は聞こえなかったことにした。もう、アッゼさんが余計なこと言うから！

「ユータ！　すぐ終わるから飯頼むぜ！」

「ウォウッ！」

早っ！　村人をまとめて数人ずつ運ぶ様子は、まるで洗濯物を取り込んでいるみたい。こっちも急いで準備しなきゃ。

「お皿どのくらい必要～？　お鍋も大きいのがいるよね～？」

「うーん、手っ取り早く食べたいだろうし……人数分のコップと取り皿、カトラリーがあればいいかな！　お鍋はお味噌汁だけだから大丈夫！」

考えるとお昼を食べ損ねたお腹がきゅるきゅる鳴り始めた。食べ終わったら夕方近くなるだろうし、昼夕兼用だね。

「ラピス、みじん切りお願い！　千切りでもいいよ！」

――分かったの！　細かければそれでいいの。

それ本当に分かったの？　まあ適当でいいかと聞き流し、キャベツもどきをいくつか取り出し洗浄して渡す。

「蘇芳、モモ、卵割れる？」

『スオー、できる』『オッケー！』

さっそく蘇芳が卵を抱え、モモが上部の殻を一部取り除く。蘇芳がそうっと逆さまにして中身を器《うつわ》へ移す。見事な連携プレーで危なげなく卵を処理してくれそうだ。

お鍋にお湯を沸かし、くず野菜やお肉の端《はし》切れなんかも全部ぶち込んでお味噌汁にする。お味噌汁とカレーは、大体何を入れても受け入れてくれる懐《ふところ》の広さが素敵だ。

あとは小麦粉、だし、薄切り肉。本日のメニューはお好み焼き！　もう焼きながら食べればいいだろうということで、野外にテーブル兼焼き台を設置した。

きっとタクトあたりは、お好み焼きが焼けるまで待ちきれないだろうから、すぐ食べられる鉄板焼き用に腸詰めやお肉も用意しておこう。

――ユータ、もっと細かくするの？

「十分！　それで十分だよ！　それ以上はジュースになっちゃう！」

大量のみじん切りキャベツを軽く乾燥させ、だし、小麦粉を混ぜ合わせたらもう準備は万端《ばんたん》だ。今回はシンプルの極《きわ》み豚玉《ぶたたま》になっちゃうけど、ひとまずお腹を落ちつけるにはこれでいい。

焼き台に火を入れ、みんなに声をかけた。

「みんな、ごはんだよ～！」

はーいといいお返事で着席したタクトとラキ、そしてシロたち。だけど魔族の子たちが一向に出てこない。

「次の分から任せるから、よく見ていてね」

卵とキャベツ、さっきの生地をザクザクと混ぜる。キャベツはこれでもかっていうくらいたっぷり。熱した石板に混ぜた生地を載せれば、じうっと大きく音を立てて香ばしく香った。

「こうして丸く整えてお肉を載せて、下が焼けたらひっくり返すんだよ」

オレの小さな手では心許ないので、両手にフライ返しを持ってえいやと返す。……よし！

「そんなことしたら肉が食えねえよ！」

恨めしそうなタクトに、やっぱりな、とセルフで焼けるよう鉄板焼きの材料を渡しておく。

「いい匂いがしてきたね～」

キャベツのほの甘い香りに混じって、お肉の香ばしい香りが漂い始めた。なのに、彼らはまだ来ないんだろうか。オレはお好み焼きをラキたちに任せ、ひょいと部屋を覗き込んだ。

「ねえ、何やってるの？」

「……？　何かやってるように見えるのか？」

ううん。ぼうっと座ってるように見える。

「じゃあ、どうして食べに来ないの？」

ほら、ここにも良い香りが漂ってきてるのに。

『自分たちの分があるって、思っていないんじゃないかしら？』

まふっと弾んだモモに、なるほどと頷いた。

「あのね、みんなの分焼いてるから、早く出てきて！　こっち！」

手近にいたあの少年、確か――リンゼ！　彼の手をぐいぐい引っ張って立たせると、戸惑う背中を物理的に押して部屋から連れ出した。振り返ってみんなも早く、と急かすのも忘れない。

「お前、食い物を持ってたのか？　いいのか、俺たちに渡して」

割と力を込めて押しているのに、リンゼの歩みは重い。

「いいよ！　オレたちそんなこともあろうかと、いっぱい持ってるから」

「布団もお前が持ってたんだろ？　どんなことがあろうと思ってたんだよ!?　その、文句じゃないぞ、すごいなってことだ。さすが、５つ星の知り合いだけある」

収納量に対してそこまで驚いていないのは、さすが魔族ってところだろうか。もしかすると魔族の街にはすごく性能のいい収納袋があるのかもしれないね。

「だって、攫われたり、閉じ込められたり、トラブルって日常につきものでしょう？　快適に過ごすにはまずは食料、あと睡眠《すいみん》、これがあればなんとかなるもの！」

「トラブルがあれば、それは非日常って言うだろ」

……おや？　そうかもしれない。だけど、この世界って割とそういう感じでしょう？

『世界じゃなくて、お前にトラブルがつきものなんだろ』

足下にいたチャトが、小馬鹿にしたようににゃあと鳴いた。

さて戻ってきてみれば、タクトはボウル片手に混ぜては次々焼き台に生地を落とし、合間を見て忙しく腸詰めを口へ運んでいた。ラキは適当に落とされた生地を整え、焼けたものから見事な手腕でひっくり返している。まるで流れ作業のように淀みなく無駄のない働きっぷりだ。

「えっ……なんだこれ⁉　こんなに⁉」

「食っていいのか⁉」

色めき立つ魔族の子たちに、にんまり笑う。

「みんなも座って！　アッゼさんとミラゼア様の分もあるから、遠慮なく食べてね！」

出来上がった豚玉にジフ特製ソースを塗《ぬ》れば、零れ落ちたソースがぱちぱちと跳ねて一気に香りが立ち上った。ごくりと鳴った喉《のど》は、一体誰のものだったか。

「追加で欲しい人は、自分で作ってね！　ここにトッピング具材もあるからね」

「え～！　ユータ最初に言ってよ～！　僕、チーズ入れたかったな～」

「次食う分に入れればいいんじゃねえ？」

タクト、普通の子どもは、そんなに何枚もお好み焼きを食べたりしないんだよ。

「ラキ、小さいのをいくつか作ればいいんだよ！　そうすればオレも食べられるし！」

「なるほど～！　じゃあ、チーズたっぷりのと、海鮮《かいせん》と～」

ラキは目を輝かせて具材を選び始める。そんなに食べるなら、結局追加で1枚食べる以上になると思うけれど。

魔族の子たちの口に合うだろうかと心配したものの、脇目《わきめ》も振らずにがっつく様子に胸を撫で下ろした。さすがは良家のご子息たちだろうか、夢中で貪《むさぼ》る割に品がある。馴染みのあるカトラリーの方がよかろうとあまり深く考えずに置いたナイフとフォーク。見事な手つきでそれらを操《あやつ》り、なんだかお好み焼きが高級なお料理になったみたいだ。

そこらの冒険者とは違うものを感じつつ、改めてその姿のみすぼらしさに眉尻が下がった。子どもたちだけで、森で生き延びてきたんだろうな。そんな中で、どうして村人を助けようと思えたんだろうか。ぼうっと彼らを眺めていると、賑やかな声がかかった。

「ユータ見ろよ、俺スペシャル！」

弾ける笑みで示されたのは、モダン焼きもビックリな厚みの物体。何もかも全部入れたらしいタクトのスペシャルお好み焼き（？）は、存在感だけでオレのお腹をいっぱいにしそう。

「ホントにスペシャルだね……だけどこれ、ひっくり返せるの？」

「大丈夫だろ！　ラキならできる！　潰れても焼けば食えるんだから一緒だろ！」

なら、そもそも素直に焼き物として別に食べればいいんじゃない？　だってきっとその厚みが焼け終わるまで待てないでしょう。オレには見える。苦労してラキがひっくり返したスペシャルが、待ちきれないタクトによって潰され広げられる未来が……。

ラキにひっくり返しをねだるタクトを横目に、どうやら人心地ついたらしい魔族の子たちへと歩み寄る。

「美味しかった？　お代わりは？」

ああは言ったものの、お料理なんてしたことないだろうし、彼らの追加分は作ってあげた方がいいだろう。遠慮がちにもじもじする彼らにくすっと笑い、人数分の卵を割ってみせる。

「もう全員分用意しちゃった。みんな、まだ食べられる？　無理ならあっちのタクトがいくらでも――」

「「「食べる!!」」」

異口同音《いくどうおん》の台詞が、オレの言葉を遮って響いた。うん、いっぱい食べよう。せめて、今日はいっぱい食べて、安心して眠れますように。

そうだ、安心のためにはお互いのことを知る方がいいよね。オレは各々希望の具材を入れつつ華麗にお好み焼きを焼き、彼らと話をする。なんだかこれってバーテンダーさんみたいじゃない？　カクテルをシャカシャカしながらお話を聞く、クールで無口なバーテンダーさん。イメージモデルは……執事さんかな。

『随分と飛躍した想像ね……』

『俺様にはお店屋さんごっこに見えるぞ！』

……チュー助？　どうしてあえて『ごっこ』をつけたの!?　少々ふて腐れつつ、オレたちのこと、依頼を受けて来たことを話して聞かせていた。

「――それでね、村に誰もいなくてすごくビックリしたよ！　何があったの？　魔物に襲わせようとしていたって言ってたよね？　みんなの知っていること、教えてもらえない……？」

真摯な想いを込めて、順繰りに彼らの目を見つめた。戸惑って視線を彷徨わせるばかりの子らに、やっぱり無理かなと諦めかけた時、リンゼがぽつりと呟いた。

「ミラゼア様なら……きっと、お話しになる」

彼らが、ハッと顔を上げる。リンゼは、挑《いど》むような目でオレを見つめ、口を開いた。

「――俺たちは、魔族の中でも星を持つ家柄だ。特に二等星のミラゼア様を筆頭に、防衛に適した能力を持っていて――」

＊＊＊＊＊

あの日は、いつもと変わらぬ遠征授業のはずだった。

優秀だと褒めそやされ、俺たちにも傲《おご》りはあったかもしれない。だけど、実力も相応にあったはずだった。なのに、反応できたのはミラゼア様のみ。思えば、あの時の攻撃は赤い鞭の男のものだったんだろう。先生を含めた、クラスの皆が倒れ伏した赤い矢の嵐は。

その一瞬の防御に渾身の魔力を込めて、ミラゼア様は自らの周囲にいた俺たちを守った。

「しっかり！　リンゼ、ジノア、ガーノ、幻惑を！　私たちが無事だと気付かれない程度でいいの、ほんの少し思考を鈍らせるだけ！」

あの時の脂汗《あぶらあせ》を浮かべたミラゼア様の言葉が脳裏に浮かぶ。もっと幻惑の技術が高ければ、もっと落ち着いて対応できていれば。今は後悔ばかりが残っていた。

反撃のチャンスを狙い、他のクラスメイトに紛《まぎ》れるよう息を殺して伏せていたものの、攻撃はそれきりだった。重い気配も消え、周囲に数名の人影が蠢き始める。それらの漏れ聞こえる会話から、誘拐だと見当がついた。それも、クラス全員を拉致《らち》する大規模な。

あわよくば誰か取りこぼしてくれれば……そんな淡い期待も虚《むな》しく馬車に詰め込まれ、俺たちは見通しが甘かったことを知った。

俺たちには価値がある。だから、人質として交渉材料にされると思っていた。まさか、なんの交渉もなく遠方まで運ばれるとは夢にも思っていなかった。ミラゼア様とメルデルが交代でシールドを張って馬車内に満ちた睡眠薬を防ぎ、俺たちが幻惑で誤魔化す。相手がただのヒト族なら、容易《たやす》いことだ。次に扉が開かれた瞬間、３人で目一杯の幻惑を使い、俺たちだけは馬車内から逃れることに成功した。

そこがヒト族の住まう土地とも知らず、情報さえ持ち出せば助けを呼べると信じて。

「――ミラゼア様、もうどうにもならないです。ここは、もう魔族領じゃない」

脱走から数日、どこを彷徨ってもヒトしかおらず、ついにメルデルが折れた。

憔悴《しょうすい》しきった俺たちも、もう限界だった。

「……分かったわ。魔族領を探すのは諦めましょう」

きっと俺たちを鼓舞《こぶ》すると思った彼女の意外な台詞に、思わず目を剥いて見上げた。

「だからここで、生活の基盤を作るの！」

にっこり微笑んだその言葉で、俺たちは野垂《のた》れ死ぬことを免《まぬが》れたのだった。

＊＊＊＊＊

なんだか、ミラゼア様って逞《たくま》しい人だ。口ぶりからするに、星持ちって貴族みたいなものだろうし、貴族のご令嬢が率先して野外生活をしようとするなんて。誘拐された上に他国まで連れてこられ、周囲は敵と魔物だらけの中でサバイバル生活を始める……。何度も攫われた経験のあるオレが言うのもなんだけど、彼らは随分と壮絶な日々を過ごしていたんだな。

「なんて言っていいか分からないけど……。大変、だったんだね。頑張ったんだね」

一気に話してくれたリンゼに、続きを促す意味も込めてジャム入りの紅茶を差し出した。

「お前みたいな奴に言われると、複雑だ」

「どういう意味!?」

憤慨して頬を膨らませると、リンゼは紅茶を一口啜《すす》って笑ったのだった。

＊＊＊＊

俺たちは防衛の一族。拠点を構え、守り抜くことなら大人にだって負けやしない。

近辺の森に幻惑蝶を発見したことは幸運だった。ここに拠点を構えたのは、格好の幻惑媒介《ばいかい》である鱗粉が簡単に入手でき、拠点周囲に幻惑を施すのが可能になったことが大きい。

「――少しずつ、村のヒトに近づこうと思うの」

拠点を築き、なんとか食い繋いでいたある時、ミラゼア様は唐突にそんなことを言い出した。当然猛反対したものの、その固い意志の下、俺たちは魔族とバレない範囲で村人に近づくようになった。なぜ、そんな危険を冒《おか》しているのか分からないまま過ぎていく日々の中で、ある変化が起こり始めた。

「……これ。もらった」

外回りから帰ってきたガーノが、落ち着かない顔でずいと包みを押しつけてきた。

「なんだよ、これ――」

何も言わないガーノを不思議に思いつつ開いた中身に、思わず生唾《なまつば》を飲む。

久々だ。本当に久々の、人らしい食べ物。転がり出てきたパンは、固そうで、質素で、以前食べていたものとは比べものにならないくらい安価だと分かる。

だけど、その夜食べたパンは、今まで一番忘れられないパンになった。

それから、村のヒトは時折食べ物を分けてくれるようになった。そうか、さすがミラゼア様。このためにヒトと関わることを選んだのだ。いつの間にか腹を満たすだけの行為になっていたものが、『食事』の姿を取り戻した。まるで幻惑の術に俺たち自身がかかっていたみたいだ。目の前の霞《かすみ》が取れ、人としての感情が戻ってきたのを感じた。

「……そうじゃないの、私たちは帰らなくちゃいけないから。だって情報を持っているのは私たちだけ。星持ちとして、他の皆を助ける責任があると思うの。だから、たとえヒトであっても、大人の協力を得なくては」

口々に褒めそやす俺たちに困った顔をして、ミラゼア様は静かに言った。

星持ちの、責任……！　雷に打たれたよう、とはこのことだ。俺たちは当たり前に持っていた大切なものを、失うところだった。

あの男が現れたのは、そんな折だった。

幻惑の術をまとって夜回りをしていた時、重い気配を感じてハッとした。こんなに強い気配は、あの誘拐の日にしか感じたことがない。咄嗟に身を潜めて気配を辿った先で、一目で強者《つわもの》と分かる男が村へ入り込むのを目撃した。重い気配の出所《でどころ》は、間違いなくあの男。用心しいしい窺ってみたけれど、姿は見えず重い気配は薄れていくばかりだった。

そうだ、あの日ああやって気配を辿らなければ。そのあとに行動を起こさなければ。俺たちは変わらず森での生活を続けていたのだろう。いや、幼子たちは冒険者に依頼が出たと言っていたから、俺たちは今頃炙り出されて酷い目に遭《あ》っていたのかもしれない。

俺は長くなった話にひと息ついて、冷えてきた紅茶を呷った。思いの外甘く、爽《さわ》やかな芳香《ほうこう》が鼻へ抜ける。随分と懐《なつ》かしい気がして、ほうっと息を吐いた。

「――で、気配が完全に消えた頃に村を探ってみたが、そいつは既に去っていた。ただ……そこには淀みがあった」

「淀み？」

今まで口を挟むことなく俺の話を聞いていた幼子が、きょとりと首を傾げた。

「お前たちには分からないだろうが、俺は濃い淀みが見える。村のどこからか、うっすらと淀みが広がっていくのが見えて、慌てて森へ駆け戻ったんだ」

「もしかして、『嫌な感じ』のこと？　それで呪晶石が分かったんだ！　見えるってすごいね！」

俺は頷きつつ、舌を巻いた。魔族ですらここまで感知できる者は少ないというのに、アッゼ様の言う通り、このヒトの幼子は本当に規格外らしい。

「俺は、ただミラゼア様に危険を知らせて守りを強化しようとしただけだ。だけど……」

「そうか、村の人を助けようとしてくれたんだね。でも、どうして村人を連れ出したの？　呪晶石を取り除く方が早くない？」

再び首を傾げる様に、規格外でも幼児らしいとため息を吐いた。

「淀みは村に広がっていた。どこに隠されているか分からない、ごく小さな石を探して留まるなど自殺行為だ。それに、もし発見できたとして、持ち出した者が犠牲になる」

「そう、なの……？」

微妙な表情が気にかかるものの、納得はしたらしい。俺は頷いて、少し視線を下げた。

「村人を助ければ、絶対に面倒なことになると思った。いくらただのヒト族と言えど、そんな大勢に幻惑をかけたことなんてなかったし、万が一術が解けたら……」

だけど――『彼らには、恩があるでしょう』、そう言って高潔な瞳に見つめられてしまえば、俺の中の星は奮い立つしかなかった。ここまで話せば、幼子にも予想がついたらしい。

「すごい！　全員に幻惑をかけて避難させてくれたんだ！　そんなことができるんだね！」

「まあ、蓄《たくわ》えていた鱗粉はほとんど使い切ったが」

掛け値なしの賞賛に、思わず頬が緩んで取り繕う。村人が就寝《しゅうしん》中であったことも幸いした、とは伝えてやらなくてもいいだろう。そして、なぜお前には効かないんだということも。

「あ、じゃあもしかしてオレたちが野営しているところを見に来たのって、リンゼ？」

そうでしょう、と瞳を輝かせた幼子に、ギクリと肩を跳ねさせた。

「そう、だ。怪しい者がいたから、当然監視に来た」

「やっぱり！　だけど、あれから村を見に行ったけれど、呪晶石の気配はなかったよ」

村の様子を見に行ったところで、かぐわしい匂いに惹かれてつい寄り道したとは言えない。

「そうだ、だから言ったろう？　あいつが呪晶石を持ってるって。避難のあとに村へ戻ってみれば、淀みがなくなっていた。きっと、村人がいないことに気付かれて持ち出されたんだ」

「そうだ！　あいつ、よりにもよって魔物を寄せるだけ寄せて、俺たちの拠点に石を投げ込んでいきやがったんだ！」

割って入った悔しげなジノアの台詞に目を丸くする。まさか、既に恐れていた事態が起こっていたとは……だからミラゼア様が倒れるほどにシールドを強化して漏出《ろうしゅつ》を防いでいたのか。

「だけど、シールド内に魔素の淀みはなかったぞ？」

ぐっと眉根を寄せて尋ねたところで、全員の視線が幼子に向いた。

「あっ……。その、オレもその『淀み』って分かるから……浄化したよ」

居心地悪そうに肩をすくめ、幼子は誤魔化すように曖昧な笑みを浮かべた。簡単に言ってくれるが、どうやって？　呪晶石を浄化できるほどの高価な薬を持っているとは思えないが。

「ええっと、だけどどうしてしつこく呪晶石で村人を狙ったりしたのかな？」

あからさまに話題を変える素振りに閉口しつつ、実力とはちぐはぐな知識に半ば呆れた。

「呪晶石を育てるため以外にないだろう？」

本当に思い至らなかったのか、彼はきららかな漆黒の瞳を丸くして俺を見つめたのだった。

＊＊＊＊＊

「育てる……？　呪晶石を？」

あれって育つの!?　結晶みたいだったから、確かに条件が揃えば育つの……かも？

「本当に知らないのか」

オレを見つめる訝しげな視線に、こくりと素直に頷いた。

「呪晶石は淀みが結晶化したもの。当然淀みを吸って成長する。濃縮《のうしゅく》された淀みがあればいい」

「淀みが濃い場所で、成長するってこと……？」

肯定の頷きに、眉を顰めた。だけど、淀みって『嫌な感じ』のことで、チル爺たちの言う『邪の魔素』でしょう。それってどこにでもあり得るけど、地下だとか戦場に多いって言っていた。呪晶石さえなければ、この辺りにそれが漂ってはいないし、ましてや村から発生しているはずがない。以前、オレの回復強化のせいで洞窟にいっぱい集まってしまったけれど、屋外で集めることなんてできるんだろうか。

『じゃあ、集めるんじゃなくて作るの？　魔素ってどうやってできるのかな』

小首を傾げたシロに、オレもうーんと頭を悩ませる。

だけど、例えば火山であるサラマンディアで火の魔素が多いのは、集まっているからじゃなくてその場から生まれるからじゃないかな。オレだって生命の魔素を撒き散らしているらしいし、その場の自然や生き物たちから生まれるもの？

「なら、何から邪の魔素って生まれるんだろ。それこそ呪晶石からは発生しているけど。他は呪いだとか、『神殺しの穢れ』くらいしか知らないよ。自然に発生する嫌な気配なんて――」

オレは、ハッと言葉を切った。

あった。魔素が穢れていくような感じ。あれが、邪の魔素の発生だとしたら。

最近にあった呪晶石関連の大規模戦闘、モノアイロスの群れとの戦場でそれを感じた。

「村人が襲われると……邪の魔素――じゃなくて『淀み』が発生するの？」

驚愕したオレが振り返ると、聞き耳を立てていたラキとタクトも同様に目を丸くしている。

「そうだ。戦場だとか、魔物の群れに襲われただとか、ヒトが理不尽《りふじん》に蹂躙《じゅうりん》された時に淀みが発生しやすいと言われている。だが、あの呪晶石は既に魔物を寄せる程度なら十分な能力があったはずだ。なぜそんなことをするのか分からん」

リンゼがぐっと眉を顰めた。それ……本当に？　本当にそんなことのために村人を犠牲にしようとしたの？　一体、何の理由があればそれが対価となり得るんだろうか。あの人たちは何のために動いているんだろうか。

オレの脳裏に、漆黒に浮かぶ金の瞳がちらついた。

答えてくれるだろうか。だけど、聞いてみなくちゃいけない。胸の中がもやもやとして、手元の紅茶を見つめた。悲しいのだろうか、怒っているのだろうか。自分の感情がいまひとつ分からないけれど、ただ、それは小さな体いっぱいに暴れて手がつけられない。

ぺろり、とほっぺを舐められ視界が揺れた。我に返って体をずらすと、シロが正面からのしかかるようにオレの肩へ顎を乗せた。

『ぎゅーってしてみて。どんな感じ？』

言われるままに、大きな体を抱きしめる。さらさらと冷たい毛並みが肌をくすぐって、触れた部分からゆっくりと温もりが伝わってくる。頬を寄せれば、ぺたっと伏せた三角の耳が触れた。シロの、大きくて優しい気配。ひたすら真っ直ぐにオレへ向けられる、親愛の気持ち。

『ぼくは、ゆーた大好きって感じがするよ！　見て、しっぽが喜んでる』

顔を上げると、シロの水色の瞳が透き通ってこちらを見つめていた。次いでぶんぶんと振られるしっぽが見えて、口元からゆるりと力が抜ける。

「ホントだね。オレもしっぽがあったら同じになってるよ」

『そう？　じゃあ、嬉しいね！』

まるで、シロから光が射すみたい。溢れる大好きの光に包まれて、暗く固まっていた心がほどけていく。

『じゃあ次、スオー』『なら、次は私ね！』『おれは？』

――ラピスは今なの！

「ピピッ！」

両頬にラピスとティアの温もりを感じ、両手で包み込んで頬ずりする。

『俺様……俺様は……俺様も……』

『あえは、おやぶといっしょ！　おやぶ、ならぼねー？』

どうやら、みんなをぎゅっとしていかなくてはいけないらしい。突如もふもふまみれになったオレに、リンゼたちが目を丸くしているのが分かる。

ああ、あったかい。これは、オレの中に輝く光を形作るもの。柔らかくて、優しくて、温かいね。何もかも、こうして包み込まれてしまえば解決するような気がするのに。


ひとしきりもふもふを堪能して、すっかり冷めた紅茶を飲み干すと、デザートを忘れていたことに気がついた。みんな満腹までお好み焼きを食べちゃっているけれど、食べるだろうか？

「これ、食べられる？」

柑橘《かんきつ》をたっぷり使ったムース。二層に分かれたムースは、見た目もきれいで心が華やいだ。リンゼたちの表情を見るに、食べない選択肢はないようだ。

「おいし……」

涼やかな香りと滑らかな舌触りは、頭にこもった熱を取り去ってくれるみたい。冷たいデザートは魔法の真骨頂、何時間も待つ必要なく出来上がるので重宝《ちょうほう》している。

「物足りねえけど、美味いな！」

「スッキリしていくらでも食べられそう〜」

タクトとラキは言うに及ばず、魔族の子たちからの評判も上々のようだ。

みんなが嬉しいと、嬉しいね。そんな単純な話じゃないことは分かっているけれど、分かってはいるけれど……。

ぽん、と頭に手が乗せられた。

「お前、またぐるぐるしてるぞ」

タクトに言われてしまうなんて、相当だ。ちょっとふて腐れて、大丈夫、と答える。

「まあ、やりきれねえよな」

うん、そう。やりきれない。

「そうだよね〜。どうしてこう理不尽で辛いことがあるんだろうね〜」

うん、そう。辛かった。

いつの間にか傾いていたお日様が、徐々に周囲をオレンジ色にしていく。

「オレ、やりきれなくて辛かったよ。どうしてこんなことがあるんだろうって思うと、すごくしんどいね。こんなこと、なかったらいいのに」

ぐるぐるしていた思いが――出口を見つけて出ていった。

「なかったらいいのに、な」

「そうだね～」

2人は、そう言って微笑んだ。

口にするのは、希望の方がいい。できるわけないなんて、分かっているけれど。言ってしまえば、それを支持することになっちゃうから。

オレは、なかったらいいなと思うんだよ。それが不可能でも、仕方ないって言うよりいいと思うんだよ。だってそれは、嘘じゃない。

ぽんぽんと撫でられる頭や背中は、まるで慰《なぐさ》められているようで不服だ。だけど、オレは温かいでしょう？　だから、きっと2人を少しは温められるはずだ。

オレにも、柔らかな毛皮があればよかったのに。そんなことを考えて、くすっと笑った。

よかった……みんながいて。

よかった……2人がいて。

顔を上げると、夕日が目の中に飛び込んできた。黒い瞳の中にも、こんなに輝くオレンジが映っているだろうか。オレは覗き込む2人に向かって、満面の笑みを浮かべてみせたのだった。

7章　大人の男

「そういえばさ、これって村人が起きたら大騒ぎじゃねえ？　大丈夫なのか？」

お食事会を終え、ちょっと早めの就寝かなと思ったところで、タクトがそんなことを言った。

「当然、術の効果が切れれば起きるぞ。だがお前らが説明してくれるんだろう？」

「ええっ⁉　せ、説明はするけど！　だけど、子どもだもん。信じてくれないかも！」

ど、どうしよう⁉　にわかに慌て出したオレたちに、リンゼたちも不安そうな顔をする。

「なぜ。子どもでもお前たちは実力者だろう？　ヒトにも星と同様のものがあるだろう」

「貴族の階級はあるけど、オレたち貴族じゃないもの。あ、オレは端くれかもしれないけど」

「実力があれば、その貴族とやらになれるのではないのか」

ないよ！　いや、なくはないかもしれないけれど、純粋な実力とはちょっと違うよね。

どうやら魔族の『星』とオレたちの貴族階級は微妙に違うらしい。

「も、もうちょっと眠っていてもらうってわけには……？」

「もう鱗粉がない。俺たちの魔力だけで全員は……」

言葉を濁す彼らに、焦りが募る。アッゼさんが起きてくれたら転移で……でも、全員を一度に転移させるのは無理って言ってたし、彼がヒトの目に留まればもっと騒ぎになるかも。

『実力がある、有名な貴族に説明してもらえばいいんじゃない？』

ぽむぽむと肩で弾んだモモが、なんでもないように言う。だけど、それってオレが転移で連れてこなきゃいけないってことだ。そんな、全ての条件をクリアする人なんて……だって転移がバレてもよくて、有名で、実力があって、魔族に偏見《へんけん》がなくて……そしてついでに森林破壊の痕跡の言い訳に使えそうな人が——いたぁ!!

「オレ！　ちょっとトイレ行ってくる!!」

高らかに宣言して走り去ると、物陰に隠れていそいそと転移したのだった。


「おぉ!?　どうした、王都に行ってるんじゃなかったか？」

お目当ての彼は、長い脚を机に載せて、退屈そうにペンを回していた。真上に転移したオレをガッチリ受け止めると、なぜか腹に顔を埋められる。

「……何作ったんだ？　美味そうだな」

シロみたいにフスフスと鼻を鳴らされ、くすぐったさに身をよじった。

「お好み焼きだよ！　ねえ、お好み焼き作るから、一緒に来てくれる？」

「おう、いいぜ！」

……いいの？　むしろ嬉しげに立ち上がったカロルス様に、机に積まれた書類を見やった。

「で、どこ行くんだ？」

さっそくオレを抱き上げたまま窓へと向かう――窓？

「どうして窓から出るの？　執事さんに言っておかなくていい？」

「……皆、寝ているかもしれんからな」

オレじゃあるまいし、さすがに大人のみんなはまだ起きてると思うけど。だけど、そうこうしているうちに向こうで何かあったら大変。いいと言うならいいんだろう。

「そう？　じゃあ、行くよ！」

「え？　行くってお前、まさか転移――うおぉ!?」

カロルス様！　オレが潰れる!!　危うく抱き潰される寸前、オレたちは光にほどけて消えた。

「……お前ぇ～！　転移ならちゃんと言えって。心の準備がいるだろうが」

「だって、転移するって言ったらみんな嫌がるんだもの」

今回は、嫌だからといって連れてこないわけにはいかなかったんだもの。

げっそりとしたカロルス様が、自らの体をなぞって無事を確かめている。大丈夫だよ、欠けてないよ！　カロルス様はオレが一番深く知っている人だもの、絶対に大丈夫。

「で、ここはどこだ？　なんで俺を連れてきたんだ」

いきなり休憩所に転移すると混乱を招くだろうから、少し離れた場所を選んでいる。きょろきょろするカロルス様の前に、まずはと小テーブルを設置した。

「まあまあ、お好み焼きでもどうぞ！　実はね――」

オレは貼りつけたスマイルで、まずはお好み焼きをセッティングし始めたのだった。

「――この野郎、また面倒事に首突っ込みやがって……！」

しっかりとお好み焼きとデザートを食べ終えたあと、カロルス様は両手で顔を覆って嘆《なげ》いていた。オレが突っ込んでるんじゃないよ、向こうが突っ込んでくるんだよ。むすっと唇を尖らせていると、重い手がわしわしと頭を撫でた。

「……無事ならいい」

安堵のこもった呟きに、胸がきゅっと痛んだ。ごめんね、心配かけて。黙ってその胸にしがみつくと、大きな両腕が包み込むようにオレを覆った。オレを小さな子どもにしてしまう、大きな器と大きな体。つい潤んだ瞳を誤魔化すように、強く顔を押しつけて深呼吸した。

「ユータ……あれ？　カロルス様？」

休憩所へ戻ってくると、振り返ったタクトが目を瞬かせる。ぎょっと腰を浮かせた魔族の子たちは、手を振るオレと落ち着いた2人の様子に危険はないと判断したらしい。

「これはカロルス様だよ！　多分魔族で言うところの５つ星だから、もう大丈夫！」

こんな説明では用心深い眼差しは変わらないけれど、味方だと理解はしてくれているようだ。

「おう、お前らよく頑張ったな！　あとは大人に任せて、ちゃんと寝ろ」

にっと笑ったカロルス様が、手近な子の頭へぽんぽんと触れていく。一瞬身を強ばらせた子どもたちが、くしゃりと顔を歪めた。

「大した事情は知らねえけどよ、子どもは大人が守るもんだ。まあ、任せな。大丈夫だからよ」

魔族の子たちの顔が、変わった。しっかりしていると思っていた彼らは、途端に迷子の子どもになった。

ああ、大人ってすごいな。この安心感は、どうやったって子どもには出せないもの。

オレ、大きくなったらこんな大人になるんだ。ぽふっとカロルス様にしがみつき、ふんわり笑った。オレのこの安心感を、みんなに伝えられたらいいなと思いながら。


「――じゃあ、カロルス様はここにいてね！」

村人たちの部屋へ案内すると、カロルス様の寝台を追加で設置する。

「おいおい、ここでいいのか？　外の見張りが必要だろ？」

「カロルス様なら、ここにいても危ない時は分かるでしょう？」

「ここにいながら外の見張りもしろってか。人使い荒いな？」

にやっと笑って頭をぐりぐりと撫でつけられる。そんなことないよ、カロルス様は普通に寝ていればいいんだもの。きっと何かあれば飛び起きてくれるから。

カロルス様におやすみを言って部屋から飛び出すと、オレたちの部屋へ駆け込んだ。

「ねえ、アッゼさんまだ起きない？」

「起きねえよ。腹減ってるだろうになあ」

「あんな規模の転移なんて聞いたことないし、本当に目が覚めるのかな～」

不吉なこと言わないで!?　既に寝る態勢の２人にもおやすみを言うと、アッゼさんの横たわる寝台へ乗り上げた。魔力自体は自然回復に任せるしかないけれど、きっとアッゼさんは無理をしていて、あちこちに負担がかかっている。せめて点滴や回路を繋ぐことで、少しでも助けになればと思って。

乱れかかる髪をそっと掻き分け、おでこに手を当てた。カロルス様より細い髪、熱いおでこ。

あれ？　熱い？

「お熱出てる……。やっぱり相当負担だったんだ」

きゅっと眉根を寄せ、端正な寝顔を眺めた。お熱が出ているっていうのに、魔力を使いきった体は苦しそうな表情すら浮かべない。急いで点滴魔法を施すと、ティアに頼んで３人で回路を繋いだ。魔力を渡せなくても、これなら少し楽になるんじゃないかな。

「わ……すごいね」

これが、トップクラスの魔族……。繋がった途端に明確な違いを感じる。不思議、まるで回路が太くなったみたいで、ストローとホースくらい違う。これならいくらでも魔力を流せるんじゃないだろうか。きっと本来は魔力が充《み》ち満ちて、今とはまた違った感覚があるんだろうな。

どのくらいそうしていたのか、呻《うめ》いた声にハッとした。

「うーっ……。いてぇ……」

「アッゼさん！　目が覚めた？　どこが痛いの⁉」

もやのかかった紫の瞳が、ぼんやりとオレを見つめたかと思うと、ハッと覚醒した。

「……なーんだ、マリーちゃんかと思って損し――っ」

おどけた様子で起き上がったものだから、オレの方が仰天《ぎょうてん》する。まだ動けないでしょう！

案の定、彼は虚《うつ》ろな瞳で静止すると、言葉を呑んだ。

「アッゼさん、魔力が足りないんだよ！　まだ寝ていて！」

有無《うむ》を言わせず寝台に押しつけようとするのに、脂汗を掻いた彼はへらりと笑みを浮かべて、立ち上がろうとする。どんどん悪くなる顔色に、オレの方が泣きそうだ。

「アッゼさん！　死んじゃうから！」

「ちびっ子が何言ってんだよ、アッゼさんは見ての通り大丈夫だ。強いからな！　さて、周囲の様子でも――」

どすっ！　突如大きな手がアッゼさんの顔面を掴んで、その頭を枕へと押し戻した。少々乱暴だったけれど、ほっと胸を撫で下ろして目元を拭った。

「見たまんま、大丈夫じゃねえなぁ？　寝てろ。こいつらが心配するだろうが」

「……へ？　あんた、カロルス？　なんで、ここに……？」

「そうだ、俺だ。お前もよく頑張ったな。いいぞ、俺がいる。寝てろ」

振り返ると、ラキとタクトが親指を上げた。そっか、呼びに行ってくれたんだね。

アッゼさんは大人しく横になったまま、両手で顔を覆った。ピンと張っていた糸が確かに緩んだのを感じて、なんとなくオレが得意になる。ほうら、安心しちゃったでしょう、もうきっと起き上がれないね。

「くっそ！　何、俺を惚《ほ》れさせたいの!?　カロルスのくせに！」

「うるせぇ。でけえガキは寝てろ、オトナが守ってやるからな」

ふふん、と顎を上げて布団を叩いたカロルス様は、最高に格好いいと思った。

「――ウチでいいのか？　魔族領の方が安心するんじゃねえか？」

「そりゃそうだろうけど、まず事情を説明に行かなきゃいけないわけ。万が一にも、俺が攫ったみたいになるのはごめんだしさ」

カロルス様と、アッゼさんだ。閉じたまぶたの裏で、元気そうなアッゼさんの声にホッとする。さすが、一晩ですっかり調子を取り戻したみたいだ。

2人の話し声に引っ張られ、徐々に意識がクリアになっていく。こんな状況だもの、オレもちゃんと起きなきゃ。ぐいぐいと拳でまぶたを擦り、うっすら目を開けた。すると、目の前にあった何かがぐっとオレに近寄り、ちっとも焦点が合わなくて二度三度瞬いた。応じるように、眼前の紫もひとつ瞬いた。

「……わあっ!?」

思わずのけ反って、背中から柔らかなものに埋まる。このやわやわした感触は、きっと大きいチャトだ。

「お、起きたか。その嬢ちゃんがお前をいたく気に入って、離れやしねえんだよ」

振り向いたカロルス様とアッゼさんが苦笑する。

「だって、あんまりかわいいのだもの。本当に黒い瞳なのね、私の顔まで写っているわ」

オレを追って簡易寝台に乗り上げ、女の子は嬉しげに微笑んでオレの頬をつついた。

「ええっと、ミラゼア様？　元気になったんだね！」

オレの瞳が珍しいらしい。しきりと覗き込まれて困ってしまう。

「ミラゼア様、さすがに、はしたないと思います」

憮然《ぶぜん》とした声はリンゼだろうか。どうやらもうみんな起きているみたい。

「ありがとう、元気にしてもらったのよ。アッゼ様が回復薬を持ってきて下さったから。あなたたちのことも聞いたわ、本当に何と言っていいか」

ようやく離れてくれたミラゼア様が微笑んだ。あの時みたいに壮絶な色はしていないけれど、紫の瞳は最初に見た時と変わらない、澄んだ色をしていた。外側が薄汚れていても、高潔さって感じられるものなんだな、なんて思う。

「そっか。よかったね！　それならオレも、村の人を守ってくれてありがとう！」

ふわっと微笑み返すと、途端に圧迫感に襲われ、視界が真っ暗になった。

「やぁだもう～！　リンゼ、私持って帰りたい！　欲しいわ!!　弟にするの！」

「ミラゼア様……今は小さいですが、多少大きくなりますから。それに躾《しつけ》やこまめなお世話が必要になるのです。生半可《なまはんか》な気持ちでは――」

「多少じゃないよ!?」

ぶはっとミラゼア様の腕から抜け出して頬を膨らませると、ぬるい視線が突き刺さった。

「突っ込むのはソコでいいのか……？」

「ほーん、いいねえ。俺、マリーちゃんにになら飼われたい！」

オレはむすっと唇を結んで乱れた髪を直し、素早く安全地帯へ移動する。お膝の上に陣取って硬い腹へ頬を寄せれば、もうこれで何があっても大丈夫。ミラゼア様の羨ましげな視線は見なかったことにしよう。

「そうだ、ねえカロルス様、村の人たちは？　放っておいて大丈夫？」

ふと気になって金の無精髭《ぶしょう》を見上げた。

「ああ、お前が寝ている間に大方《おおかた》のところは終わったぞ」

大きな手がぽんぽんと頭を叩き、これまでの経緯を教えてくれた。

まずアッゼさんが回復したので、覚醒しかけていた村人たちを元の村まで転移させたそう。ずっと幻惑と眠った状態で危機的状況の記憶などない彼らのこと、大騒ぎになるというよりも狐につままれたような様子だったらしい。それよりもカロルス様の顔を知っている人たちがいたせいで、違う意味で大騒ぎになって大変だったそうな。

結局、詳細は後日、なんて誤魔化して逃げてきたらしい。きっとガウロ様あたりに丸投げされることだろう。次いで回復薬を運んでミラゼア様を起こし、さっきまで今後についての相談中だったみたい。アッゼさん、回復したてで大活躍だね。

「で、ここは魔族領の外れらしいんで、そのまま転移で帰るなり応援を呼ぶなりすりゃいいじゃねえかと思ったんだが」

「俺1人に何もかも押しつけられると困るんですけど!?　ちびっ子たちも小汚《こぎたな》いし、も少し見た目を整えて帰してやらねえと、アンタら的にも色々マズいでしょ」

どうやら本当に寝ている間に物事が進んでいたらしい。一度皆でロクサレンに戻って、今後の相談をしようって方向になりそうだ。

こんなにたくさん子どもを連れて帰ったら、随分と大変だろうなぁ……具体的には、マリーさんたちが狂喜乱舞《きょうきらんぶ》して。ミラゼア様なんてお人形さんみたいだから、目の色を変えて磨《みが》きにかかりそうだ。ひとまず、方針が決まったなら善は急げだ。お腹も空くだろうから、ジフにたくさんお料理を用意してもらわなきゃいけないし。

「じゃあ、とりあえず知らせに行くね！　アッゼさんはラキとタクトも一緒に連れてきてね」

「あ？　おま——」

にこっと見上げてお腹にしがみつくと、硬いお腹がさらにぐっと盛り上がった気がした。

「——だって、1人でも連れて帰った方が、アッゼさんの負担が減るでしょう？」

文句をつけられる前に先手必勝と、蹲ったカロルス様に説明する。だって、オレも転移できるもの。カロルス様と一緒に帰るのはオレだっていいはずでしょう。

「ユータ様っ！　おかえりなさいませ!!」

間髪入れずに扉を開け放ち、マリーさんが飛び込んできた。

「ただいま！　あのね、これからいっぱい子どもがやってくるけど大丈夫かな？　お風呂とか、お洋服とか……」

まあ、と頬を紅潮させたところを見るに、きっと大丈夫じゃないのは招かれる側だろう。

エリーシャ様や執事さんが揃ったところで、カロルス様からコトの顛末《てんまつ》を話してもらっていると、賑やかな声がした。

「おわ！　すげえ、もう着いた!?」

「便利だね～」

どうやらアッゼさんがさっそくタクトとラキを連れてきてくれたらしい。

肝心のアッゼさんはと言うと――。

「マリーちゃ……えっ??」

いつものごとくマリーさんの背後に出現した彼が、ピタリと動きを止めて硬直した。紫の目をまん丸に見開いたその腕の中で、マリーさんが首を捻ってじろりと紫の瞳を睨み上げる。

「――――ッ!?」

間近く視線が絡んだ刹那、口をぱくぱくとさせたアッゼさんが、いきなり消えた。窓の外で派手な音がしたから、壁の向こうまで転移して落ちたんじゃないだろうか。まあ、アッゼさんなら大丈夫だろう。

「あのね！　マリーさん、アッゼさんすっごく頑張ったよ。すっごく格好よかったよ！」

あの勇姿を伝えようと、オレは急いでマリーさんの腰へしがみついた。きっとアッゼさんはマリーさんから褒められるのが、一番嬉しいから。

「ねえ、アッゼさんってあんなに強かったんだね！　オレたちのために命がけだったんだよ！」

マリーさんは一生懸命説明するオレを抱き上げて、くすりと笑った。

「……ええ、あれはそういう男ですから」

ああ、アッゼさん、この場にいないなんてもったいない。だってその微笑みは、艶めいてとてもきれいだったから。

エリーシャ様たちを交え、ロクサレン家での話し合いがまとまりつつある頃、魔族の子たちは順番にお風呂と着替えを済ませていた。案の定、戦場になった着替えの間では、きゃあきゃあとはしゃぐメイドさんたちの華やかな声が響いている。ふらりと出てきたリンゼは、どうやら仕上がったらしい。磨き上げられた彼を見上げ、おお、と思わず拍手した。

「リンゼ、格好いいよ！　ちょっと立派に見える！」

「それは、褒めたんだろうな？」

少々照れた様子でむくれたリンゼは、しっかり貴族らしく気品さえ漂う気がする。さすが、ロクサレンのメイドさんだ。だけど、このお祭り騒ぎは大丈夫だったろうか。

「みんな、貴族……じゃなくて星持ちさんなら、着替えを手伝われたりするのって平気かな？」

「それは、まあ。だけどヒトは随分と賑やかなんだな、慣れ慣れしくて少々戸惑うが、それだけだ。ただ、どうしてこう俺たちのサイズに合わせたものを出してこられるんだ？　お前はそんなに小さいのに」

「セデス兄さんがいるから……」

失礼な台詞は聞き流し、無難な回答をしておく。その場でサイズ調整して出しているとは言えない。カロルス様は神速の剣だけど、ここのメイドさんたちは神速の裁縫《さいほう》技術をお持ちだ。

ふうんと納得したらしいリンゼが、衝立《ついたて》の向こうから聞こえる歓声に不思議そうにする。

「衣装持ちだったんだな。しかし女物もあるらしいのはなぜだ？」

なぜでしょうね。セデス兄さんの悲劇と、今後のオレの苦労を暗喩《あんゆ》しているのではないでしょうか。虚ろな瞳になったオレに、リンゼは何かを察したように黙して目を逸らしたのだった。

8章　歓迎の気持ち

「おう、ユータちょっと手伝え」

リンゼと一緒に魔族の子たちの仕上がり状況を楽しんでいると、ひょいとリンゴでも拾うような調子で抱き上げられ、首を傾げる。

「お手伝いってパーティの？　あとでちゃんと厨房に行く予定だよ！」

「パーティ……？」

あれ？　リンゼは知らなかったろうか。午前中はこの通り慌ただしいから、昼は軽食で済ませて、早めの夕食をパーティにしようって決まったはず。

「それもあるんだけどよ、さすがにベッドが足りねえから、何かねえか？」

「あ、そっか！　ベッドはそんなにたくさん持ってないよ……お部屋は足りる？　お外？」

「外はダメだ、目立つだろうが。それにこんな情況じゃ、安心して眠れねえだろ」

ハッとしたリンゼが、少し固い顔でカロルス様を見上げた。

「我らは感謝しております、よもや危害を加えるなど！　目立つようなことも致しません。どうか、外に留まる許可を……せめて、ミラゼア様だけでも牢《ろう》は避けていただけないでしょうか」

リンゼの重い台詞に、思わずカロルス様と顔を見合わせる。あ、あれ？　話の前後繋がってる？　どうして牢なんてことに？　混乱するオレたちの後ろで、くすりと笑みが漏れた。

「リンゼ様、どうぞご心配なく。安心して眠れないのはあなた方、そして目立つというのはユータ様であって、あなた方の話ではありません。庭に巨大建築を作られては困るのです」

いつの間にか側にいた執事さんに、オレは頬を膨らませて抗議する。

「そんなに大きくしないよ！　1階建ての平屋《ひらや》ならきっと目立たないし、お外ならベッドも簡単に作れるよ！　……ちょっと固いけどマットレス敷《し》くなら大丈夫のはず！」

だってみんな、戸惑いつつも警戒心は捨てきれないみたいだもの。やっぱり魔族ではない人たちに囲まれて、緊張しているのだろう。だったら、同じ館内にいるよりもお外に簡易宿を作った方が気兼ねなく寛《くつろ》げるんじゃないだろうか。

「だけどお前、こいつら誘拐されて酷い目に遭ってんだぞ？　気ぃ使うかもしれねえけど、急ごしらえの建物より館内の方が安全なのは分かるだろ？　俺らもいるんだしよ」

それは確かに。ぽかんとしているリンゼを眺め、違和感なく馴染む衣装に頷いた。

「リンゼたち『星持ち』だもんね。そっか、じゃあお部屋の方がいいね！」

納得して、じゃあ土魔法も派手に使えないし、ベッドはどうしようかと振り出しに戻る。

「部屋を貸していただける……？　信用して下さると？」

恐る恐る問いかけたリンゼに、執事さんがにっこり微笑んだ。

「私はお会いしたばかりなので、信用というと嘘になりますが。ただ、ご安心下さい。万が一、皆様が盛大に暴れたところで……ね？」

一瞬、重く冷たい風が吹き抜けた気がした。執事さんはぴしりと凍《こお》りついたリンゼに好々爺《こうこうや》の顔で微笑みかけたあと、カロルス様と言葉を交わして去っていった。

「あー、その、悪いな。あいつは普段からああなんだが……根っから怖いヤツだから、気にしないでもらえると助かる」

カロルス様、それなんのフォローにもなってない。

「ち、違うよ！　執事さんはきっと、リンゼたちが気を使わないように……！　ここにいる人たち、みんなリンゼより強いから、みんなを怖がったりしないんだよ。だから、そんなことで気を使わなくて大丈夫って言いたかっただけだよ！」

そんなわけあるか、と言いかけたカロルス様の口を両手で塞ぎ、にっこり笑みを浮かべる。

「強い？　みん、な……？」

かろうじて零れたリンゼの言葉を拾い上げ、安心させようと大きく頷いた。

「うん！　オレの家族も、メイドさんも料理人も、たぶんみんな！」

いくら魔法を使えるといっても、さすがにリンゼたちに負けやしないと思う。

「は？　私兵じゃなく？　メイド？　料理人……!?」

言われて初めて、そういえば普通は使用人って戦闘しないんだったと思い出す。苦笑したカロルス様が、軽々しくバラすんじゃねえとオレの額を小突いた。

そこへ折よく、区切りがついたらしい着替え会場から花を撒き散らしそうな勢いで、マリーさんがくるくると廊下へ出てきた。その満ち足りた表情といったら……。

つやつやの笑顔で魔族様ご一行を案内する姿を見て、リンゼが何か言いたげな顔で見つめてくる。オレはもちろん、重々しく頷いてみせた。そう、あれも。というか、むしろあれが、と言った方がいいかもしれないけれど。

リンゼはマリーさんの後ろ姿を見つめて納得できない顔をしている。だけどオレとしては、できればその表情のままここを発《た》つことになればいいのに、と思わずにいられなかった。

「――え、ベッド？　簡易ベッドなら、あんまり僕の出番はないと思うけど～？」

結局、ベッド数はまだまだ足りないので、なんとかしといてくれと押しつけられてしまった。ないなら買ってきてくれとお金も渡されたけれど、今回使うだけで用済みになっちゃうのはもったいない。簡易ベッドくらいなら、とラキたちに相談に来た次第だ。

「加工はそれほどいらないと思う。今回限りだし、要はマットレスがあればいいと思うんだ」

床より高くなるよう木の台でも置いて、その上にマットレスを置けば、それはもうベッドだ。

「なるほどね～。それなら、ビッグシープの毛が残ってたんじゃない～？」

ビッグシープは、王都近辺で狩った巨大羊《ひつじ》みたいな魔物。スパイシーに味付けした羊肉がなかなか美味しくて……じゃなく。採れた羊毛はある程度素材として売ったけど、確かにまだ残っていたはず！

さっそく庭に出たオレたちは、ビッグシープの在庫を確認してみる。うん、大丈夫そう。うず高く小山になった羊毛は、しっかり乾燥してふわふわだ。

「こんなふわふわ、どうやってマットレスにするんだ？」

「布で形を作って、ぎゅっと押し込めばいいんじゃない～？」

ずっと使うとへたってしまうだろうけれど、今回みたいな一時しのぎなら十分じゃないかな！

「じゃあ、タクトは土台を切り出して！　ラキはマットレス作りで！」

2人はパーティまでの間暇だろう、ちょうどいい仕事があったものだ。

「切り出すって、木はどこにあるんだよ」

「そこらに森があるじゃない？」

「そこからかよ!?」

『ぼく、一緒に行ってあげるね！　大丈夫、すぐだよ！』

よし、シロがいれば機動力はなんの問題もない。

あとは……マットレス作りのシーツはメイドさんたちが大量に布を持っているから、なんとかなるんじゃないかな。力が必要な時も頼れるだろうし。

『普通、メイドさんは力仕事に呼ぶ人員じゃないと思うわ』

……そうだったかな。メイドさんと言えば、スピードとパワーに長《た》けた人種だったんじゃないかな。

ひとまずベッド作りを2人＋αに任せることにして、オレは2人に背を向け空を見上げた。

「じゃあ……オレは行ってくるから」

ぱちんと頬を叩いて気合いを入れる。戦場では、些細な油断が命取りとなるのだ。

ここからは、オレの役目。どんなに危険があろうと、この身が朽《く》ちようとも、やらねばならぬことがある。オレにしかできないことだからこそ……不退転の決意で臨《のぞ》むのだ。

「そんな気合い、いる～？」

「お前は気合いの入れどころがおかしいんだよ」

2人から注がれるぬるい視線などなんのその、オレはきりりと顔を引き締めて厨房へ視線をやったのだった。

「おう、来たか」

厨房で仁王立《におうだ》ちしていたジフが、むんずとオレを掴み上げてキッチン台に乗せた。

「何を作ってるの？　今日のパーティメニューってどんな感じ？」

既にキッチンにはいい香りが漂っている。オーブンから漂うこれは、きっとお肉のローストだろう。今焼いているってことは、オレの収納に入れる手はずだね。

「とりあえず、スープとサラダ、あと肉はいるだろ？　ローストはいくつか作ってある。魔族っつっても俺らと食ってるモン違わねえんだろ？」

「うん、アッゼさんだって何でも食べるでしょう？」

「アイツはマリーさんが食ってりゃ、皿でも食うだろ」

そ、そんなことは……きっとあるね、大いにある。まあリンゼたちも味覚は変わらないみたいだったし、変わったものじゃなければ大丈夫じゃないかな！　カニは……まだやめておこう。

「で？　他のアイディアは？　フツーのパーティ料理でいいのか」

「普通でいいと思うけど……でもリンゼたちってまだ子どもだし、子ども舌向けの料理もあった方が喜ばれるかな？」

「子ども舌ってお前……」

ええと、子どもの好きなものと言えば、ハンバーグに唐揚《からあ》げ、フライドポテト……この辺りは問題なく出せるね。ただ、ハンバーグは一口サイズにしないと、他のお料理が食べられないだろう。定番中の定番、エビフライはこの世界だとちょっとばかりニッチな食材になるかもしれない。今回は避けておこうかな。

食卓の彩《いろど》りは、赤・緑・黄色が必要って言うよね。美味しいものを集めると、どうしても茶色ばっかりになっちゃうけど、ローストビーフを美しく盛りつけてどーんと据えれば、赤と言えば赤だろうか。トマトもどきはあるから、トマトカップのサラダも用意しよう。

「緑は飾りにいっぱい使うし、あとは黄色！　黄色と言えば……オムライス！」

オムライスにオムレツは、子どもの人気メニュー上位じゃないだろうか。だけど、それだけでメインを張る料理だもの、ストレートに出すわけにはいかない。

「小さくすりゃいいのか？」

「そうだけど、ひとつひとつ作ると結構な手間と時間がかかるよね」

料理は他にもたくさんある。可能な限り時間を節約しなくては。たこ焼きプレートがあれば使えるけれど、今はないし……。

「オムライスにこだわらなくていいだろ、卵がありゃ黄色なんだからよ。お前の好きな四角い卵でいいじゃねえか」

「だし巻きのこと？　あれは美味しいんだけど、パーティ向けかっていうと華やかさが――そうか！　ねえジフ、こういうのどう？」

ぽん、と手を打って耳打ちすると、ジフがにやりと悪党の笑みを浮かべた。

「ほう、いいんじゃねえか？　色もいい、さすが悪知恵が働くな」

どこも悪くない知恵ですけど⁉　素直にナイスアイディアって言ってよ！


デザートまでの綿密な打ち合わせを済ませた頃には、結構な時間が経ってしまっていた。オレも手伝うけれど、決まってしまえば作るのは主に料理人さんたち。夕食まで時間はあるし、管狐部隊総出で手伝う必要はないだろう。少々残念そうな部隊には、あとでデザート用の果物でもカットしてもらおうかな。

「さて、ベッド班は目処がついたかな？」

木材の切り出しは、シロがいれば道中の時間がほぼ不要なので既に終わっているだろう。マットレスもメイドさんたちは神速裁縫なので、そこは問題ないだろうけれど。

「――だからさー、そんなとこ、誰も見ねえだろ？　もういいじゃねえか」

「何言ってるの～、見ないからこそ、好きにできるじゃない～！」

ああ、近づくにつれ怪しいやり取りが聞こえる。

「じゃあお前、自分で持ってやれよ。なんで俺が支えなきゃいけねえんだよ」

「だって僕、こんなの持ち上げられないし〜。視線の高さにないとやりづらいでしょ〜」

そこにずらりと並んだ、見事なベッドたち。おかしいな、俺、木の土台にマットレスを載せるだけって言っていた気がするんだけど。

「ベッド、もうできたんだね！　で……何してるの？」

高々とベッドを持ち上げているタクトと、ベッドの脚を抱え込んでいたラキが振り返った。

「料理はもういいの〜？　こっちは順調だよ〜」

「順調じゃねえわ！　もう終わっただろ！　ユータなんとか言ってくれよ！」

しまったなあ。ラキに加工の余地があるものを渡すんじゃなかった。ベッドはとっくに使用可能な状態になっているけれど、きちんと装飾されたものと、未加工が半々くらい。

「ラキ、もう使わないかもしれないんだから、凝って作るともったいないよ？」

土台だったはずの部分がきちんとベッド脚になっているのを眺めつつ、嘆息する。

「逆でしょ〜？　つまりは失敗したってオーケー、やりたい放題できるってことだよ〜？　加工しないなんてもったいないじゃない〜」

あー、そういう。嬉々として加工を施すラキは、いつものゆったり平坦《へいたん》な目が嘘のようにきらきらしている。これは無理だ。

「……そっか。じゃ、じゃあオレ魔族のみんなの様子見てくる！」

「ちょ、お前！　俺このままかよ!?」

タクトはもうすることないだろうから、甘んじて作業台になっていて欲しい。メイドさんたちは忙しいけど、カロルス様なら暇だから手伝ってもらえるんじゃないかな！　下手にフリーにしてせっかく作った料理をつまみ食いされたくないし。あとエリーシャ様も、厨房に近づけないで欲しいから呼んでおこうか？

『その2人って、領主ご夫妻だったような気がするのだけど？』

『さすがに問題あると、俺様思うぜ！』

『あえはも、ももうぜ！』

確かに？　さすがにちょっとばかり、マズかっただろうか。でもカロルス様ならいいような気もするけど、なんとなく。

「お昼ごはんだよ～！」

扉を開けると、みんな一斉に飛び上がって戦闘態勢をとった。うん、全然リラックスしてないね。魔族の子たち用に部屋を整える間、大部屋で寛いでもらえるように案内してあるのだけど、全員がぎゅっと窓際の隅《すみ》に密集している。

「どうしてそんな隅っこにいるの？　ソファーいっぱい空いてるよ？」

「お前か……別に、俺たちがこの方が落ち着くだけだ。何の用だ？　ごはん？」

ホッと表情を寛げたところを見るに、オレに対する警戒は解けているらしい。

「うん、もう昼過ぎでしょう？」

先にうっかり厨房へ寄ったもんだから、ちょうどいいとばかりに運搬《うんぱん》役になってしまった。だけど、この警戒っぷりだとオレが担当してよかったのかもしれないね。

次々取り出す大皿に、魔族の子たちの喉が鳴る。

「ちょっと少ないかもしれないけど、今は我慢してね！」

夕方にはお腹を空かせなきゃいけないんだからね。にっこり笑うと、そろそろと寄ってくる子たちが、神妙な顔で頷いた。

「とんでもない、十分だ。ここまでしていただき、感謝する」

「こんな美しい料理を見たのは、いつぶりだろう……森での生活に比べれば、少ないなど！」

彩り鮮やかな断面を見せるサンドウィッチを見つめ、涙ぐみそうな様子さえある。なんとなく違和感を覚え、オレは首を傾げた。

「あの、夜はパーティがあるって聞いたよね？」

朝もその話をしたばかりだと、リンゼを振り仰ぐ。

「ミラゼア様が夕食に招かれたと仰《おつしや》っていた。もし可能なら、誰か供《とも》としてつけられないか？

ミラゼア様は気丈な方だが、さすがにお一人では我らも落ち着かない」

頷いたリンゼの台詞に、かくりと力が抜ける。ミラゼア様〜、忙しいのだろうけど全然情報が伝わってないよ！　ちなみにミラゼア様は魔族側との調整やら何やらで、大人組と行動している。誰よりもリラックスして馴染んでいるのが、ミラゼア様だろう。

「違うよ……もう。夕食はパーティをするんだよ」

仕方ないとはいえ、そんなに信用ないのも寂しい限り。ちょっぴりむくれるオレに、途端にリンゼが慌てた顔をした。

「何のパーティだ？　誰が集まるんだ。ヒト族しか来ないなら、ミラゼア様はどうなる？」

そうか、貴族のパーティって普通はいろんな人を招待するものだ。ウチは身内パーティがメインだからすっかり忘れていた。そこで、ふと悪い笑みが浮かぶ。

「ふふふ……それは、もちろん！　魔族捕獲成功パーティだよ！　上等な魔族がたくさん手に入ったから、みんなで美味しくいただこうっていう寸法で――」

「そういうのいいから、ちゃんと教えろ」

酷薄《こくはく》な笑みを浮かべて高笑いしたはずなのに、誰も表情を変えない。後ろを向いて震えている人はいるけど。ばっさりとリンゼに切って捨てられ、思い切り頬を膨らませた。

「普通に！　みんなの歓迎パーティですけど!?　全員参加だからね！」

大きな声でそう告げると、みんなが一様にきょとんと目を瞬いた。

「「「……歓迎⁇　全員？」」」

そう、歓迎！　ちっとも理解していない顔を見回して、地団駄を踏んだ。いいよ、そういう態度なら見ているがいい、目にものを見せてやるからー‼

『捨て台詞はそれで合ってるのかしら……』

オレはぷりぷりしながら部屋を飛び出したのだった。

＊＊＊＊＊

「――リンゼったら緊張しすぎよ。あの人たちが私たちに危害を加えると思う？　ああもうすぐかしら？　私は楽しみよ！」

ほどなくして部屋へ戻ってきたミラゼア様の口からも、身内での歓迎パーティをしていただくとの裏付けを得て、俺たちは混乱の極みにあった。

「しかし……歓迎される要素などないではないですか」

「それはそうなんだけど。でも、あのユータちゃんの家族なの。皆さんあんな感じなのよ」

あんな感じと言われてしまえば、納得してしまいそうではあるけれど。

「他に思惑はあれど、根っこにあるのは『歓迎』で違いないの。私たちがするべきは、ちゃんと歓迎を受けて、喜ぶことだと思うわよ？　そんな難しい顔していないで」

くす、と笑ったミラゼア様が俺の額を突いた時、ノックの音がした。

「お迎えにあがりました！」

ツンと顎を上げて、案の定そこにいたのは黒髪の幼児。なぜかパリッと正装風の衣装を着た犬に乗っている。途端にミラゼア様が相好を崩したのが分かった。

「かわっ……かわいいわ！　うふふ、ユータちゃんが案内してくれるの？　ありがとう！」

「そうだよ！　早く行こう、カロルス様とタクトが待ちきれないから！」

お澄まし顔は長くは保たず、零れる笑みがユータの弾む心の内をありありと晒している。なぜか犬まで足取りを弾ませ、先を行くしっぽが右へ左へ忙しく揺れている。時おり振り返る水色の瞳が、俺と視線を合わせてぱあっと笑った。『楽しみだね！』そんな声すら聞こえた気がして頭を振った。こいつらを見ていると、油断なく構えていることが馬鹿らしくなってしまうな。

会場らしき扉の前で、ユータがもったいつけて振り返り、こほんと咳払いした。

「じゃあ、いくよ？　じゃーーん！」

ぱっと開けられた扉の中――そこは極彩色《ごくさいしょく》に輝いていた。

……身内での食事会みたいなものだと、そう言っていたのではなかっただろうか。集めるにも苦労するだろう花々がふんだんに飾られ、テーブルにはひときわ目を引く豪華な燭台《しょくだい》。シャンデリアをひっくり返したようなそれが、きらきらとクリスタルを揺らしている。周囲をふわふわ漂うのは、明かりの魔法だろう。七色《なないろ》に煌めく光の中で、テーブルに並んだご馳走は何よりも輝いて見えた。

「す、ごい……これは……」

思わず漏れた声に反応して、ユータがしてやったり、と言わんばかりの顔をする。

「リンゼたち、ちっとも歓迎の気持ちを分かってくれないから、見て分かるようにしたよ！」

真っ白なクロスの上に並ぶ、料理の数々。呆然としたまま促された席に着き、顔を見合わせた。俺たちの数だけ並んだカトラリー、そしてぽかりと空いた目の前のスペース。

「ふふ、どうぞ！　ゴージャスお子様ランチだよ！　あ、ディナーか！」

どうでもいいところを訂正しながら、ユータが満面の笑みを浮かべる。小さな手でワゴンから運んできたプレート、そこには見たこともない料理が芸術品のように上品に収まっていた。

「みんな、遠慮して料理を取りにくいかもしれないから、ひとまずワンプレート用意しておいたんだ！　これがオムライスでしょ、唐揚げでしょ、ポテトにハンバーグ、サラダで——」

一生懸命な説明におざなりに頷きながら、まじまじと眺めた。サラダくらいしか理解できたものはないけれど、考え抜かれた絶妙な配置は、掛け値なしに美しいな、と思う。

華やいだミラゼア様の声をどこか遠くに聞きながら、俺はユータの柔らかな声を間近に聞いていた。

「ね、食べたらリラックスできるでしょう？　平気になったら他のお料理も食べてね！」

弾むように他のテーブルへ向かった後ろ姿が視界から消え、俺は、知らずぐっと唇を噛んだ。目に見える、歓迎の――気持ち。

食卓にきらきら落ちる七色の光が、ぼんやりと滲んでいた。

＊＊＊＊＊

煌びやかな会場を眺め、オレは密かににんまりと笑みを浮かべた。普段のテーブルよりも見目にこだわって飾りつけた花々やカトラリー、明かりという機能を超えた美しい燭台。これなら、貴族のパーティらしいんじゃないだろうか。

だって、みんな豪華な食卓に慣れているんでしょう？　だったら、いつものお料理メインのテーブルじゃあ足りない。このためにラキに特製燭台をねだってよかった。会場の華やかさが段違いだもの。

そして、ミラゼア様を除いてどうしても一歩引いてしまう魔族の子たち。彼らはこの調子だと、遠慮してご馳走を食べられないんじゃないかと思って。だけど、それじゃあ歓迎パーティの意味がないもの。

「名付けて、『出されたモンは食わなきゃ許さねえ！』作戦だな」

プレートを見つめて動かなくなった魔族の子たちを眺め、ジフがにやりと口角を吊《つ》り上げた。

そんな物騒《ぶっそう》な名前にしないでくれる⁉ 好き嫌いあったら無理しなくていいんだから！

だけど、これできっと伝わったでしょう？ 誰のためのパーティなのか。オレは、俯いたリンゼたちをそっと窺って、にっこり笑ったのだった。


気持ちが9割がた食べ物に向いたカロルス様の挨拶のあと、グラスが高々上げられた。

「――ま、とにかく。ここにいる間は心配すんな。……俺が、いるからな？」

ぐっとカロルス様の気配が強まったのが分かる。押しのけられるような圧ではない、懐に抱え込むような、抱擁《ほうよう》感。慌てて下を向いた彼らににやっと笑い、よく通る声が音頭《おんど》を取った。

「よし、食うぞ！ 乾杯!!」

乾杯、と続いた声をろくに聞きもせず、素早く席に戻ったカロルス様が猛烈《もうれつ》な勢いで食事を攻略にかかった。負けじと追随するセデス兄さんやその他。一気に会場を塗り替えた騒々《そうぞう》しさに、魔族の子たちは引っ張られるように慌ててカトラリーを手に取った。

「ユータ、これもだし巻き？　きれいだね！」

セデス兄さんが、頬袋をぱんぱんにしながら聞いてくる。人間の頬って結構伸びるんだな。

「それは、一口オムライスだよ！　だし巻きみたいにチキンライスを巻いてあるの！」

卵の黄色、チキンライスの赤、そして散らした香草《こうそう》の緑。ひとつで3色備《そな》えたオムライスは、プレートの中でひときわ目を引いて美しい。とろりと馴染んだ赤と黄色の境目が、なんとも魅《み》惑《わく》的。この火を通しすぎずに美しく仕上げる困難な成形は、さすがジフの腕だ。

とろり、口の中で交じり合う卵とチキンライスは、どこか懐かしくて、優しい味がした。


「ユータ、今日のデザートは？」

そろそろみんなの手も止まってきた頃、タクトのわくわくした声に、魔族の子たちが、ハッと表情を変えた。カランとフォークを落とした子さえいる。

「今日は冷たいデザートにしたよ！　お腹いっぱいでも、少しは食べられるんじゃないかな」

くすっと笑うと、明らかに漂う安堵の気配。そうなるだろうと思ったから、見た目重視のサッパリ系にしたからね。

「わ～きれいだね～！」

頃合いを見て運ばれてきたデザートを見て、ラキが歓声を上げた。じっくり器を回しながら観察しているところを見るに、きっと、加工に活かせるとか考えているんだろう。

「なんてきれいなの！　宝石みたいね！」

ミラゼア様やマリーさん、エリーシャ様たちが、まるでまだ何も食べていないかのような澄んだ瞳で見つめている。

「今日は、フルーツのパフェだよ！　追いクリームしたい人はセルフでどうぞ！」

なるべくクリームやスポンジを避け、果物とムース、シャーベットを使ったフルーツパフェ。クリームはお腹に余裕がある人用に、別で用意しておいた。ちなみにオレはいらない。

「追い……クリームだと⁉　くっ……もう俺に残された力が……」

アッゼさんが悔しそうな顔をして、クリームへ伸ばしかけた手を震わせている。好きなの？　クリーム。クッキーも好きそうだったし、案外甘いの好きなんだね。

「え～楽しいね、いっぱい使っちゃおう」

「うお、崩れる！　もう入らねえぞ」

一方嬉々としてパフェを台無しにする量のクリームを盛っているのは、セデス兄さんとカロルス様。一目で胃の内容物が戻ってきそうになって慌てて視線を逸らす。セデス兄さんって身体強化するわけでもないのに、どうしてあんなに食べるんだろうか。遺伝？

満足と満腹の吐息が聞こえ始めた頃、ミラゼア様が立ち上がった。自然と集まった視線の中で、強い意思を秘めた紫の瞳が煌めいている。

「皆様、命を助けていただいただけでなく、このような――このようなもてなしをいただいたこと、生涯忘れません。私どもの、星にかけて」

魔族の子たちが一斉に立ち上がり、深々と頭を下げた。

「今、何も持っていない私たちには、お礼をする術がありません。いずれ、必ず――」

ミラゼア様の言葉に、カロルス様が苦笑した。

「言ったろが、子どもは大人が守るもんだ。お前らが、頑張った。だから、助けられただけの話だろが。よくやった、よく耐えた」

ミラゼア様の瞳が、大きく揺れた。はふ、と息をして必死に瞬いている。何も言えなくなった彼女を庇うように、リンゼが立ち上がった。

「……ありがとう、ございます。せめて、今俺たちが、できる……ことを」

乱暴に目元を拭いながら、リンゼが目くばせをした。頷いた子たちが、静かな詠唱《えいしょう》を始める。

魔法の気配を感じ、執事さんが油断なく目を細めていた。

魔族の子たちの詠唱が続く中、周囲でおおっと歓声が上がった。え、何？　戸惑うオレは、ハッと気がついてティアを見た。

くりっと小首を傾げたティアが、ピッと一声《ひとこえ》鳴いた瞬間、世界が変わった。

「ええっ！　う、わあ～……すごい!!」

目の前に広がったのは、一面の緑。ざあっと風が鳴る音が、土と草の匂いが、眩しい陽光が感じられる気がする。いつの間にか、室内は外になっていた。

これが、幻術《げんじゅつ》！　興奮するオレたちの前で、草原が徐々に空となり、そして光の差し込む水中へ変化した。ゆらゆらと髪が揺れているように思うのに、呼吸はできる。つい、泳げないものかと、手を振り回して椅子から飛び上がった。

「危ねえだろ、はしゃぎすぎだ」

空中でキャッチされた体をばたつかせ、オレは大興奮してカロルス様を見上げた。

「すごいね！　みんな、こんなことができるんだね！」

「そうだな、お前が助けたんだぞ。失われるところだった、大事な才能だ。生半可じゃねえ、すげえ根性と、力を持った奴らだ。お前は、一体どこまで手を繋ぎに行くつもりだよ」

そうか……よかった。揺らめく水の中で、幻術を紡《つむ》ぐ彼らを見つめた。ああ、よかった。ただ、ただそう思う。大事な大事な彼らが、生きていて嬉しい。静かな喜びと満足が、オレの口元を緩めた。

やがて世界は小麦色の草原になり、大きな陽に照らされ黄金に波打った。

「お前もな、ちゃんと俺に守られてくれよ？　頼むぞ……」

眩し気に苦笑するカロルス様の髪は、光に溶け込むようにきらきらと輝いていた。

9章　癒やし癒やされ、想い想われ

魔族の子たちの歓迎パーティを無事終了し、自室へ戻った頃には外は真っ暗だった。きっとみんなももう寝ているだろう。しばらく黒い空を見上げていたけれど、無駄に時間が過ぎるばかりだ。視線を下げれば、すやすや眠るムゥちゃんが目に入って微笑んだ。

「遅くなっちゃったけど……行ってみようかな」

今日は、話してくれるだろうか。聞いてしまってもいいだろうか。

オレは一度目を閉じ、大きく息を吸い込んで転移した。

暗い森は普段より一層神秘的で、オレが侵入してはいけないような気がしてくる。つい息を殺して見回して、闇より暗い漆黒の毛並みを探した。

「……ルー、起きてるんだね」

物音ひとつさせない獣は、金の双眸で静かにオレを見つめていた。ぱふ、と顔ごとしがみつけば、柔らかな被毛《ひもう》が温かくオレを包み込む。

「こんな時間に、なぜ来た」

訝るような声音は、ただこの時間のせいだろうか。

「あのね、神獣に聞きたいことがあって。ねえ、ルーは教えてくれるかな」

「そういうことは、俺より適任がいるだろうが」

自分で言っておいて、不機嫌そうに鼻を鳴らす。

「そうかも。でも、オレはルーに聞きたかったから」

ルーが教えてくれないなら、オレ、まだ聞かないから。

たっぷりとルーを抱きしめて充電《じゅうでん》してから、くるりと反転して背中をもたせかけた。近くを通ったしっぽを捕まえて抱えると、じろりと睨まれてしまう。

「――あのね、またあの女の人に会ったんだよ」

抱えたしっぽが、ぴくっと反応した。どうやら、詳しい説明はいらないみたいだ。

「一緒にいた男の人がね、酷いことをしようとしていたんだ。魔族のアッゼさんがいてくれたから、みんな無事に帰ってこられたんだけど」

じっと動かなくなったしっぽを抱きしめ、頬を寄せて呼吸を整える。伏せていた顔を上げると、金の瞳と視線が絡んだ。

「ねえ、あの神獣は何をしようとしてるの？　ルーは、あの人を知ってるの？」

オレを見つめた瞳は、ほんの少し揺らめいて、でも視線は外さなかった。

「……知っている」

ややあって、低い声が応えて目を閉じた。

「ケイカは、俺たちから離れた神獣だ」

長い吐息をついたルーは、ごろりと体勢を崩して寝そべった。ドキドキする胸を押さえ、オレは大きな体に寝そべってその顔を見つめる。

「俺は、最初の神獣じゃない。だが、ケイカは……ケイカとラ・エンは最初から変わらぬ記憶を持つ者だ。それだけに、想いが強い」

こくりと頷いてみせる。神獣は、代替わりして記憶を引き継ぐって言っていた。

「何をしたいのかは、知らん。ただ、あいつが動くのは、必ず主のためだ」

主……？　ルーの口から聞く耳慣れない台詞に、黙って首を傾げた。神獣の主。それって……それってつまりは。だけど、それならそんなヒドイことをしようとするだろうか。

だけど、それ以上は聞いちゃいけない気がした。だって、オレはこの世界にいる１人の人間だもの。ルーが側にいるからって、そんなところへ踏み込んじゃいけない気がした。

「……ありがとう」

分かったのは、ケイカさんはやっぱり神獣で……きっと神様のために何かしているってこと。

オレは漆黒の中に顔を埋め、長い息を吐いた。相手が、神獣になっちゃった。もしケイカさんが本気でオレたちを攻撃してきたら……ヒトが敵《かな》う相手だろうか。

ルーはこんな風に触れるのに、やっぱり神獣なんだ。助けになりたいと思ったけれど、たった1人の人間じゃ、どだい無理な話だったんだろうか。

「ケイカは、人を傷つけることを厭《いと》わないだろう」

静かな声に顔を上げると、ルーはふいに体を起こした。そのまま光をまとい、夜の闇を溶かし込んだような青年へ姿を変える。

木に背中を預けて力を抜いたルーは、しばし湖を見つめ、オレに視線を向けた。

「来い」

一度きょとんと目を瞬いて、慌てて駆け寄った。ルーに呼ばれるなんて、不思議なこともあるものだ。

「え……？」

手の届く距離に来た途端、ぐいと引き寄せられてなおさら困惑する。

「ルー？　どうしたの？」

「うるせー。お前がいつも、していることだ」

小さな体にしがみついた姿は、なるほど随分様相が違う気がするけれど、ルーにしがみつくオレだろうか。

「何か、辛いこと？」

「なぜそう思う」

オレの体に顔を埋め、それでもルーは偉そうに言う。

「だって、オレがそうする時は辛い時で……あれ？　ううん、そうでもなかった」

ルーの大きな気配が心地よくて、とっても安心するから。極上の毛並みに心身共に癒やされるから。だけど、それってどっちもオレでは無理じゃないだろうか。

「せめて、ふわふわだったらよかったね」

「うるせー、せめて黙ってろ」

いいよ、黙ってるくらいならできる。だけどこれって、ルーじゃなくてオレが癒やされているような気がするんだけども。

そうやってどのくらいじっとしていたんだろう。身じろぎに視線を落とすと、ゆっくりと体を離したルーが、視線を落としたままぽつりと呟いた。

「俺は……ヒトが好きか？」

オレに聞いているとは思えない台詞に、黙って長いまつげを眺めた。

「お前、俺がケイカと同じことをしたら、どうする」

金の双眸が真正面からオレを見据えた。今度は、オレに聞いているね。

「止めるよ？」

深く考えもせず、素直に答えた。だって、そりゃあそうでしょう。ほんの少し見開いた金の瞳は、ぱち、と瞬いて柔らかくなった。

「お前が？　無理だろうが、俺はケイカより強いぞ」

フン、と鼻で笑われ、むっと頰を膨らませる。

「大丈夫だよ、止めたらルーは止まってくれるもの」

目の前の頭をぎゅうっと力任せに抱きかかえ、小さな体で目一杯包み込んだ。

「大丈夫だよ。ルーはオレが好きだし、オレもルーが好きだもの」

ヒトを好きかどうか、オレには分からない。だけどほら、ちゃんとオレは好きでしょう？

「うるせー!!　お前、本当に黙ってろ！」

オレの腹あたりでもがもがと怒る声が響く。だって、ルーが聞いたんじゃないか。

理不尽な言いざまにくすくす笑って、少し腕を緩めた。言われるままに口を閉じ、撫でる部分が減ってしまった漆黒の被毛……ならぬ黒髪を梳いた。

繰り返し、繰り返し指を通しながらふんわり柔らかな心地に浸って、これってやっぱりオレの癒やしになってるんじゃないかなと思ったのだった。


「……やっぱりこうなっちゃうよね」

ふわっと目を開けたオレは、意識が追いついてきたのを感じてひとり頷いた。

うん、こうなる気がしてた。想定の範囲内だ。だけど、いつルーは獣に戻ったんだろう。立っていたはずのオレは、いつ横になったんだろう。

まあいいか、と小さな体を伸ばすと、すぐ側で金の瞳がうっすらと開いた。

「ルー、おはよう！　オレの方が早起きだね！」

にんまり笑うと、ふわふわのしっぽがべしっとオレを叩いた。

「どこがだ！　てめーが起きねーから——」

言葉の途中でずばっと立ち上がって、漆黒の獣は思い切り伸びをする。しなやかな体が弓なりになって、心地よさそうに細められた目はチャトみたい。ただ、その太い前肢からは黒曜石《こくようせき》みたいな鋭い爪がにゅっと突き出し、近寄ってはいけない神秘の獣を感じさせた。

ちなみに寄りかかっていたオレは当然草の地面に転がされ、不満たらたらで服を払っている。

文句のひとつでも言おうかと思ったけれど、もしかしてオレが起きるまでベッドになってくれていたんだろうか。ルー、優しいのに優しくないんだから。全身に残るルーの温もりと柔らかな感触を惜しみつつ、よし、と立ち上がってキッチン台を設置した。

「ルー、何食べる？」

にこっと微笑むと、金の瞳がちらりとこちらを確認し、『何でもいい』なんて興味なさげな言葉が返ってきた。だけどきりりと立ち上がった耳は思い切りこちらを向き、伸びたしっぽの先はぴこぴこと別の生き物のように揺れていた。

そういえばルーに朝ごはんを作ることってなかったかも。甘いのがいいかな？　甘くない方がいいかな？　カロルス様みたいに毎食肉がいいってわけじゃないと思うんだけど。

いずれにせよ、今から作るんだから手早い方がいいだろう。

ふむ、と首を捻ってしばし、収納からバターや小麦粉、お砂糖に卵を取り出した。

――クッキー、なの？　おやつ？

目覚めたラピスが首を傾げて浮かんでいる。クッキーを作ることが多いもので、ラピスはこの材料が出てくるとクッキーだと思うらしい。そして出番を待ちかねた管狐お料理部隊が、あちこちの影から覗いている気がする。

「また今度クッキーも作ろうね！　今日はパンケーキにしよっか」

にこっと笑うと、真っ白な綿毛はくるくると嬉しげに宙を舞った。

『パンケーキね！　丸くて柔らかいあれね！』

『やった！　ぼく、ぱんけーき好き！』

ぽんぽん弾むモモを頭に乗せ、シロもスキップしながら周囲を駆けた。木漏れ日に輝く白銀の毛皮も、そのぴかぴかの笑顔には敵わない。寝ぼすけ組だって、きっといい香りに釣られて目を覚ますだろう。

こんな心地いい朝に、森の中でパンケーキを焼くなんて、なんて贅沢《ぜいたく》なんだ。

ぱきゃ、と軽い音と共に落ちた卵が、ボウルの中で艶やかに揺れた。チャチャチャ、と混ぜる音も楽しい。

「ムッムゥ～ムムッムゥ～」

水浴びを済ませたムゥちゃんが、キッチン台で雫《しずく》を光らせながら左右に揺れている。いつの間にかオレの鼻歌もムゥちゃんリズムになっていて、段々重くなる材料を混ぜながら笑った。

『スオー、手伝える』

まだ眠そうな目を擦りつつ、蘇芳が葉野菜をめくっては懇切《こんせつ》丁寧に洗っている。蘇芳、大きさは揃えなくていいんだよ……それともそのちぎった端っこを食べたいがためだろうか。

次々とパンケーキを焼きつつ、傍らで腸詰めやらベーコンやらを焼いていると、ほの甘い香りと塩気のある香りが入り交じってもう美味しい。卵はスクランブルエッグがいいかな？　それとも目玉焼きがいいかな？　少し悩んで、両方用意すればいいやと笑う。

『お前、よく笑うな』

目が覚めたらしい。大あくびをしたチャトが、のすのすと日向《ひなた》に移動して目を細めた。瞳孔がきゅうっと細くなり、ふてぶてしい顔がさらに強調されているみたい。

「そう？」

だって楽しいからね。首を傾げてくすっと笑い、本当だなと可笑《おか》しくなった。特別お料理が好きなわけじゃなかったけど、この世界ではみんなに食べてもらえる。みんな、とても喜んでくれる。そうすると、オレが嬉しい。だからかな？　いつの間にかお料理すること自体が、とても嬉しくて楽しいことみたいに感じる。

にこにこしながら出来上がった薄いパンケーキを積み上げ、甘い皿とお食事の皿に分けた。具材を載せてもいいし、挟んで食べるのもいい。オレは、シャキっとした葉野菜とたっぷりのベーコン、そして卵を挟んでかぶりつくんだ。生地の優しい甘さと、ベーコンの塩っぽさ。なんならさらにチーズも追加して、蜂蜜をかけたっていい。

甘いパンケーキにはたっぷりバターを載せ、蜂蜜を滴るほどに。みるみる溶けていくバターが、蜂蜜の中を滑って泳いだ。やっと起きてきたチュー助とアゲハが、目を輝かせて歓声を上げている。

「ねえルー！　できたよ！」

まだか、まだかと一生懸命こちらを窺っていた黒い耳が、ぴぴっと動いた。やれやれと言いたげに立ち上がる動作と、そわそわ揺れるしっぽが妙にアンバランスで可笑しい。

——結局のところ、オレがルーにできることってこの程度。

がつがつと食べるルーを眺めて、ほんのり微笑んだ。できることがあるのはとても嬉しい。

だけど、このパンケーキみたいに甘じょっぱい。そこは、蜂蜜パンケーキでもいいのに。

相手は神獣、途方もなく規格外の相手だもの。いくらオレが守りたいと思っても、そうそう力の差は埋まるものじゃない。頼ってもらうには、気持ちだけじゃあダメなんだ。相手をこっちに引っ張るんじゃなくて、オレを上に引き上げなきゃ。

だから、オレがもっと頑張って食らいついていくしかないんだ。

だって、オレはルーが好きだし、守りたいって思うんだもの。

「……あれ？」

そこまで考えて、ふと既視感を覚えた。

これ、最近似たような話を聞いた気がする。なんだったろう、と首を傾げてみて、カロルス様が浮かんだ。そう、そのブルーの瞳に見つめられて、こつんとおでこがぶつかって——。

思い出して、ふわっと頬が染まった。

ああ、これが……タクトやラキの気持ち。あの時分かったつもりだったことが、カロルス様の言葉が、一塊《いっかい》になってずしりとオレの中に飛び込んできた。

2人は、だからあんなに強くなったのか。

オレは、こんなに想ってもらっていたのか。

オレと、タクトとラキ。ルーと、オレ。

分かっていなかった。その想いがこんな大きさで、こんな形で、こんな色をして輝いていたなんて。オレ、ちっとも分かっていなかったんだ。

そして――ルーにとってオレが、どれだけ大事なのかも。

ねえルー、オレ分かっちゃったよ。だってオレは、こんなにもすごくすごくタクトやラキが大好きで、大切だもの。だったら――。

浮かんでしまいそうになった涙を誤魔化して、はむっ！　と勢いよくかぶりついたパンケーキ。思ったよりも甘くて、ほんのりしょっぱくて、それはやっぱり美味しかった。

あとがき

アッゼ：読んでくれてありがとうな！　どうよ？　アッゼさん、結構カッコよかっただろ？
ユータ：ちょっと！　勝手に前に出ないでよ！　ここは皆さんにお礼を言う所で……。
アッゼ：礼は言ったろ？　なあマリーちゃん、見てくれた？　俺の活躍！
マリー：いいえ。
アッゼ：ああ！　凍てつく冬のダイヤモンドダストのごとく美しいその声音！　だけど、もうちょっと、小春日和的なアレがあってもいいかなって思ったり。
カロルス：お前、ある意味すげえと思うぜ……。
ユータ：それはそう。カロルス様はね、すごくカッコよかったよ！
カロルス：おう、ありがとよ。で？　酒は俺にもあるんだろな？
ユータ：えーと、多分？　いっぱい作ったけど、きっと出来上がりはもっと減るよね？
チル爺：どうしても目減りするからのう。切ないことじゃ。
ユータ：天使の分け前ってやつだよね！
チル爺：何が分け前か！　ワシは誰にもやらん、これはれっきとした強奪じゃ！
ユータ：御神酒じゃなかったの……？

もふしらを手に取っていただいた皆様、お陰様で、なんとこれで16巻……四捨五入すれば20巻ですよ!?　心から感謝申し上げます。

今回は楽しい出来事と、重い出来事二つの落差がある巻になりました。最近はリアルでしんどいニュースなども多くて辛くなりますが、自分に嘘をついてまで「仕方ないことだ」と言わなくてもいいんじゃないかなと思います。そしてもうひとつ、「仕方ない」と切り捨てることだって大事だと思います。いずれにせよこの場には留まれないので、何を選んだって、選ばなくたって前には進んでますからね！　進んでしまうとも言えますが。

自分の世界は自分だけのもの。何を選んでも、選ばなくても、選ばされても。その世界だけは美しくしておきたいなあ、なんてしみじみ思います。

そして今回の書下ろしはパーティ編の追加！　本文途中への章追加は初ですが、欲しかったシーンなので楽しく書かせていただきました。さらに毎回の特典ＳＳもお忘れなく。時期を逃してしまっても、コンビニプリントで入手できますよ！

日ごろお世話になっている読者様に楽しんでいただけることはないか、常に考えていますので、感想やご要望はぜひお伝え下さいね。反映できることもありますから！

最後になりましたが、今回も素敵なイラストを描いて下さった戸部　淑先生、そして関わってくださった皆さまへ、心より感謝致します。

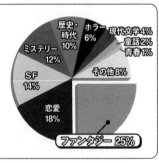

二人キャンプしたら異世界に転移した話
著 トロ猫
イラスト むに
1~5
異世界のソロキャンプって本当に大変！
双葉社でコミカライズ決定！

義妹に婚約者を奪われたので、
好きに
生きようと
思います。
著：ミズメ
イラスト：秋鹿ユギリ
義妹の様子がなんだかおかしい!
第11回
ネット小説大賞
早期受賞作品!
ラノベとかオシとか、
なにを言っているの?
なんでも私のものを欲しがる義妹に婚約者まで奪われた。
しかも、その婚約者も義妹のほうがいいと言うではないか。じゃあ、私は自由にさせてもらいます!
さあ結婚もなくなり、大好きな魔道具の開発をやりながら、自由気ままに過ごそうと思った翌日、
元凶である義妹の様子がなんだかおかしい。
ラノベとかスマホとオシとか、何を言ってるのかわからない。あんなに敵意剥き出しで、
思い通りにならないと駄々をこねる傍若無人な性格だったのに、どうしたのかしら?
もしかして、義妹は誰かと入れ替わったの!?
定価1,320円（本体1,200円＋税10%）　ISBN978-4-8156-2401-9
ツギクルブックス
https://books.tugikuru.jp/

第4回ツギクル小説大賞
大賞受賞作
追放
悪役令嬢の旦那様
著／古森きり
イラスト／ゆき哉
1~8
謎持ち
悪役令嬢
規格外の旦那様と
辺境ライフはじめます!!!!
マンガPark
「マンガPark」
（白泉社）で
©HAKUSENSHA
コミカライズ
好評連載中！

転生少女は救世を望まれる
平穏を目指した私は世界の重要人物だったようです
蒼井美紗
イラスト：蓮深ふみ
目指すは
ほのぼの 平穏
異世界暮らし！
……のはずが、私が世界の重要人物！？

あなた方の元に戻るつもりはございません！
著：火野村志紀
イラスト：天城望
特別な力？ 戻ってきてほしい？
ほっといてください！
私、義子をかわいがるのにいそがしいんです！

TUGIKURU COMICS

NEW

転生貴族の優雅な生活

国内主要電子書籍ストアにて好評配信中!!

――異世界に転生したらチートが尋常じゃない？

日本で死んだはずだったのに……。
次の瞬間には侯爵家の嫡男に、つまりは貴族に生まれ落ちていた。さらにはチート能力を持ち合わせているなんて……。折角転生したんだから、自由に優雅にこの異世界ライフを楽しもう！と思いきや……？

男女問わず皆が俺に好意を（？！）寄せてくるし、かと思えば、暗殺スキル持ちの従者に命を狙われる始末。おまけに、イケメン吸血鬼に襲われて悪魔の使い魔までまとわりついてくる……。
俺は自由に生きたいだけ……！　自由に優雅に余生を楽しめられればそれでいいのに！
周りがどうもそうさせてはくれないみたいで、俺の異世界貴族生活はどうなることやら。

侯爵家に転生したメイリーネの貴族的で優雅な異世界ファンタジーがいよいよスタート！

こちらでCHECK!

ツギクルコミックス人気の配信中作品

主要電子書籍ストアで好評配信中

三食昼寝付き生活を約束してください、公爵様

コミックシーモアで好評配信中

出ていけ、と言われたので出ていきます

主要電子書籍ストアで好評配信中

婚約破棄23回の冷血貴公子は田舎のポンコツ令嬢にふりまわされる

主要電子書籍ストアで好評配信中

嫌われたいの
～好色王の妃を全力で回避します～

主要電子書籍ストアで好評配信中

自力で異世界へ！

ツギクルコミックス

https://comics.tugikuru.jp/

ツギクルブックス

愛読者アンケートに回答してカバーイラストをダウンロード！

愛読者アンケートや本書に関するご意見、ひつじのはね先生、戸部淑先生へのファンレターは、下記のURLまたは右のQRコードよりアクセスしてください。

アンケートにご回答いただくとカバーイラストの画像データがダウンロードできますので、壁紙などでご使用ください。

https://books.tugikuru.jp/q/202401/mofushira16.html

本書は、「小説家になろう」（https://syosetu.com/）に掲載された作品を加筆・改稿のうえ書籍化したものです。

もふもふを知《し》らなかったら人生《じんせい》の半分《はんぶん》は無駄《むだ》にしていた16

2024年1月25日　初版第1刷発行

著者　ひつじのはね

発行人　宇草 亮
発行所　ツギクル株式会社
〒105-0001　東京都港区虎ノ門2-2-1　住友不動産虎ノ門タワー
TEL 03-5549-1184
発売元　SBクリエイティブ株式会社
〒105-0001　東京都港区虎ノ門2-2-1　住友不動産虎ノ門タワー
TEL 03-5549-1201

イラスト　戸部淑
装丁　AFTERGLOW

印刷・製本　中央精版印刷株式会社

ISBN978-4-8156-2270-1
Printed in Japan